文訊叢刊⑦

當前大陸文學

文訊雜誌社 編

編輯報告

李瑞騰

一、爲了重建體大的文學中國，並希望能夠經由文學更深刻的認識我們素所關切的大陸，我們和聯合文學雜誌於五月二十二日假台北市復興南路一段一二七號三樓文苑召開「當前大陸文學研討會」，議程一天，上午發表政大國關中心助理研究員葉穉英（美國聖若望大學東亞所碩士）、南加大比較文學系教授張錯（美國華盛頓大學比較文學博士）、花蓮師院副教授張子樟（中國文化大學三研所博士）的三篇論文，題目分別是：「當前大陸文學思潮試論」、「大陸新詩的動向」、「當代大陸小說的角色變遷」，講評者分別是政戰學校副教授徐瑜、中山大學文學院院長余光中、清華大學中文系副教授呂正惠。下午舉行一場三小時的公開座談會，分別邀請尼洛、瘂弦、何偉康、陳信元、周玉山五位先生，分別就：①面對大陸文學的態度與方法，②大陸文學的變貌，③大陸文學在海外，④大陸文學在台灣，⑤當前海峽兩岸文學之比較提出引言。上、下午的會議由台大外文系教授蔡源煌及成大中文系教授馬森分別擔任主席。

二、我們認爲，大陸文學在「文革」十年浩劫之後有很大的變遷，經由文革傷痕的暴露、文化反思、鄉土尋根等階段，已經逐漸脫離馬列教條的框框，朝向比較多元的發展，一方面對應著中共有限度的開放政策，另方面則普遍對抗著仍「四個堅持」的統治階層，其中透顯出許多值得探討的問題。我們希望經由學術會議的召開，從民族情感、國家立場以及文學發展等方向，客觀公正的面對大陸文學。當天計有一百餘位關切大陸文學的學者、作家參加，開幕式由本社社長蔣震先生主持，請作家無名氏先生以貴賓身分致詞；閉幕式則由聯合文學發行人張寶琴女士主持。會中發言踴躍，討論熱烈，與會者咸認爲是一場難得的盛會。

三、本社社長蔣震先生在研討會的主席致詞中有兩段極其感人的話，特別摘錄如下：「由於兩岸隔離已經太久，過去一般人只能根據有限的資料來認識中共和中國大陸，但現在的情況已經不同了，許多報紙都闢有大陸版，提供我們很多有關大陸的地理風景和人文氣象等資料；探親回來的人，也紛紛以文字或攝影來呈現他們的見聞與感受，雖然難免浮光掠影或所見者小，但我們已不難由這些報導中，窺見我們熱愛的大地，爲什麼會這樣的扭曲、變形。此外，也不難由大陸的文學作品中，看到當前大陸人民的生活空間以及心靈世界。在那裡面，我們發現『文革』的創傷是如此之深，幾乎可以聽到洶湧奔騰的長江、黃河不住地哀泣。我們感覺到，中國人正想從一地的血泊中站起來，從廢墟中重建沒有鬥爭的和平世界……。

從這樣的角度來看，我們實在應該徹底研究大陸文學，尤其是『文革』以後的作品。可以這樣說，那些都是中國新文學的寶貴資產，文字也許不夠華美，技巧也許不夠圓熟、精巧，但是我們有理由珍惜它們，把它們納入當代文學的研究範疇，給予適度的評價。」

四、本書主要收錄此次研討會三篇論文及五篇座談引言，並附錄江振昌先生有關當前大陸文學的兩篇論文：「中國大陸的科幻小說」（本刊第十八期，七十四年六月）、「中國大陸的朦朧詩」（本刊第二十二期，七十五年二月），它們都是應本刊之邀而寫；另外還附錄張子樟、陳信元兩位先生有關大陸文學的出版與研究之索引，前文發表於本刊第六期（七十二年十二月）「大陸傷痕文學專輯」，後文專爲本次研討會而編，本刊從第三十六期起，開始連載。至於研討會記錄亦於三十六期起分三次刊載，本書不另收錄。

五、隨著本書的出版，我們希望臺灣地區的大陸文學熱眞正成爲過去，大家都能用平常心來面對大陸文學，把它們納入學術層面去條分縷析，使之成爲中國新文學傳統中的一部分，並給予合理的定位。

目錄

〔輯一〕

當前大陸文學思潮試探

葉穉英

一、前言

一九六六年到一九七六年發生在中國大陸的十年「文革」，是一場大規模的大迫害與大屠殺。受迫害者超過兩千萬人，株連的人數更高達一億人。論規模與株連人數，稱得上是有史以來的最大人為浩劫。「文革」結束後，那些令人怖慄的生命體驗和歷史背景，夜夜進入生還者的夢魘之中，壓得他們不得不借助於「傷痕文學」的種種控訴、憤懣、呻吟來釋放出他們心頭的重負，控訴「文革」的「傷痕文學」就在這樣一個背景下於焉產生。

正因為「傷痕文學」一方面從理性上加重了大陸人們的傷痛，正面強化了大陸人們憎恨「洗劫」的社會姿態；另一方面，又從心理上減輕了大陸人們的傷痛，幫助大陸人們恢復走向未來所必須的心理力量①，二者大大有助於「文革」後的大陸的精神復健工作，於是中共默許「傷痕文學」作品的發表，而有一九七七—一九七九年數量眾多的「傷痕小說」的產生。其中最出名的有盧新華的「傷痕」②、巴金的「懷念蕭珊」③、劉心武的「班主任」④、白樺的劇本「苦戀」⑤、陶斯亮的「一封終於發出的信」⑥等等。

而後，隨著歲月的流逝，「傷痕文學」單純地歌頌與暴露的表現形式再也滿足不了人們對「文革」的思索，作家們開始冷靜地思考造成這場社會悲劇的前因後果，對社會歷史加以重新觀照，於是而有所謂「反思文學」作品的出現。

「反思小說」具代表性的作品有王蒙的「布禮」、「蝴蝶」、宗璞的「三生石」、魯彥周的「天雲山傳奇」⑦、高曉聲的「李順大造屋」⑧、茹志鵑的「剪輯錯了的故事」⑨、和張賢亮的「綠化樹」⑩、「男人的一半是女人」⑪等等。

八〇年代開始，中共大規模地推展「四化」建設，振動了民族固有的生活秩序，復以新一代作家在對「文化大革命」的反省中，逐漸形成這樣的共識：「文化革命」不是一次偶發事件，它的根源在「文化」、在「民族文化傳統」、「民族文化心理」。作家們於是希望「從這一段被扭曲的文化中，找到導致那場災難的民族文化因素。」⑫

阿城、鄭義、韓少功、賈平凹、張承志等年輕一輩作家痛感到無休止的階級鬥爭使社會倫理關係惡化，民族的道德水準因文化的衰弱而下降。身為知識份子，經歷了一個時代的殘酷，心靈的不勝重負和難以言宣的痛苦心態都讓他們轉向民族文化傳統，有意識地在民族、民間的文化中去汲取具有樸實人道主義的質素⑬。「尋根文學」就在這樣的社會及文化背景上萌生。

「尋根文學」作品最為大家推崇的有阿城的「棋王、樹王、孩子王」⑭、張承志的「北方的河」⑮、賈平凹的「商州初錄」⑯、韓少功的「爸爸爸」等。

本文即根據「傷痕文學」、「反思文學」、「尋根文學」三個進程來分析文革後十年的大陸文學思潮。因為這段時間裡的文學創作以小說的數量最多，內容最豐富、變化也最多，本文所探討的作品也就以小說為主。

二、「傷痕文學」（一九七六—七九）

㈠「傷痕文學」一辭的來源及其主要內容

「傷痕」一詞出自上海復旦大學中文系學生盧新華一篇題為「傷痕」的小說。內容在寫一個十六歲的女孩王曉華在「文革期間」與母親劃清界線，後來母女生離死別的故事[17]。

後來，旅美華裔學者許芥昱在美國加州舊金山州立大學「中共文學討論會」上談到：「（中國大陸）自一九七六年十月以後，文學作品方面以短篇小說最為活躍，最引起大眾的注目的內容，我稱之為"Hurts Generations"，就是『傷痕文學』，因為有篇小說叫做『傷痕』，很出鋒頭，這類小說的作者，回憶他們在『文革』時所受的迫害，不單是心靈和肉體的迫害，還造成很大的後遺症。我把這一批現在還繼續不斷受人注意討論的文學，稱為『傷痕文學』」[18]，拈出了「傷痕文學」這個名詞。

中共機關報「文藝報」在為「傷痕」這篇小說而召開的討論會上，該刊主編馮牧談到「『傷痕』抓住了有普遍意義的問題，概括了一種生活現象，即『四人幫』不僅嚴重地破壞了生產，迫害了一大批對『黨』忠心耿耿的幹部，而且損害了青年的心靈，造成難以彌補的傷痕。」[19]顯示「傷痕文學」已成為大陸文藝創作的主流，受到普遍的討論和重視。

(二)「傷痕文學」作品舉隅

1.盧新華的「傷痕」

盧新華是下放知青，原籍江蘇省。一九七八年文革結束後考入上海復旦大學[20]。

小說「傷痕」的女主角王曉華，本在上海唸中學，母親在學校當校長。突然，母親被莫名其妙地被劃為「叛徒」，關入黑牢，她這個十六歲的「叛徒」女兒，也受到種種歧視，她於是離家出走。

春節到了，王曉華耐不住孺慕之思，決定搭火車回家看母親。但母親卻在她抵家的前一晚，難以瞑目地嚥下了最後一口氣，臨終前給女兒留下這樣的遺言：

「盼到今天，曉華還沒有回來。我更想她了。雖然孩子的身上沒有像我挨過那麼多『四人幫』的皮鞭，但我知道，孩子心上的『傷痕』比我還深得多。」[21]

王曉華奔到醫院，迎接她的卻是白布覆蓋下的母親的僵硬的身子，王曉華悲痛欲絕地喊出：

「啊！這就是媽媽——已經分別了九年的媽媽！

啊！這就是媽媽——現在永遠分別了的媽媽！」㉒

中共荒謬的「階級鬥爭」論，造成了這種人天永隔、再難彌補的人倫悲劇，在年輕一輩身上也留下了難以平復的心靈創傷。

2. **劉心武的「班主任」**㉓

劉心武是「文革」後最出名的作家之一，擔任中共官方文學刊物「人民文學」的副主編。前一陣子，中共發動「反對資產階級自由化」運動時，劉心武還一度被點名批判撤銷職務，後來又恢復原職。

「班主任」裡刻劃了兩個典型的形象：一個是野蠻混沌的小流氓宋寶琦；另一個則是思想、性格僵化的「好學生」謝惠敏。宋寶琦「什麼『成名成家』他連想也沒想過，因為從他懂事的時候起，一切專門家——科學家、工程師、作家、教授……幾乎都被林賊、四人幫打成了『臭老九』，論排行，似乎還在他們流氓之下，對他來說，何羨慕之有？」㉔於是，他一方面甘心地為大流氓跑腿，一方面又以扇比他小的流氓耳光當作最大的樂趣。謝惠敏則是受「四人幫」看中欲加以培養的典型。「在謝惠敏的心目中，早已形成一個鐵的邏輯，那就是凡不是書店出售的，圖書館外借的書全是黑書、黃書。」㉕，班主任張老師禁不住歎息：「可憐而又可愛的謝惠敏啊！她單純地崇信一切鉛字所排印出來的東西，而在「四人幫」控制輿論工具的那幾年裡，她用虔誠的態度拜讀的報紙刊物上，充塞著多少他們的『幫文』，噴濺出多少戕害青少年的毒汁啊！」㉖而班主任張老師的工作就是要幫助謝惠敏、宋寶琦消除「四人幫」的流毒。

「班主任」透過刻劃宋寶琦、謝惠敏這兩個畸型的青年學生，揭示了封建蒙昧主義對大陸年輕一代靈魂的扭曲。特別是謝惠敏的形象。儘管劉心武所關切的只是教育和青年問題，卻概括了長期政治謬誤所造成的整個民族思想的僵化，發揮了政治批判的目的㉗。

3. **李家華的「新詩學」**㉘

李家華是貴州人，是大陸民辦刊物「啟蒙社」的六個創辦人之一。李家華和其他「文革」後出現的年輕詩人舒城、北島一樣，敢於突破思想的禁區與政治的藩籬，以充滿感情的詩句，將年輕人在「文革」中受欺騙、被下放的沮喪、壓抑心情，透過詩的意象傳達出來。

「新詩學」共收錄了「人」、「信仰」、「深度和廣度」、「崇高的使命」、「思想」、「創造」等七首新詩。「新詩學」之所以為「新」，並不是形式上的新，而是內容上的新。李家華從有限的外國史知識和外國文學作品的閱讀中，吸收到追求光明、揭露黑暗的自由主義，並培養了質問兇手，參與受難的正義勇氣㉙。在「深度與廣度」一詩裡，詩人義憤填膺地咆哮：

去參與受難者的生活。
問他們腳上的鐐銬有多重，
臉上「罪人」的烙印有多深；
問他們為什麼被人凌辱，
如何在月夜逃出主人的魔窟；
問他們流過多少血和汗，
作過多少期望的夢……

去質問那些殘暴的兇手，
問他們根據什麼「天理」制定苛酷的法律，
在法律上把活人定為商品！㉚

用朦朧的詩句，對「四人幫」的無法無天、凌辱迫害作出了有力的抨擊與控訴。

4.白樺與「苦戀」

白樺原名陳佑華，早在一九五〇年代即開始寫作，是和劉賓雁、王若望一樣的老左翼作家。文革期間被打成「黑幫」，四人幫下台後，復提筆寫作。㉛

「苦戀」的原稿是長篇電影詩，先在香港「文匯報」發表。一九七九年四月，白樺和彭寧合作，將它改編為劇本，刊在當年三月的「十月」上。㉜

「苦戀」描寫的是一個知識份子回歸的悲劇。主角凌晨光在大陸陷共之前離開中國大陸到美洲，在美洲獲致極高的成就，是一個知名的畫家。後來，因懷念「祖國」，毅然回歸大陸。「文革」時受盡迫害，後來因在「天安門事件」時張貼標語而被追捕，最後倒地而亡，臨死也不瞑目，「他的眼睛沒有閉，睜著，靜止地睜著……」

在「苦戀」裡，白樺藉著凌晨光的嘴，對「四人幫」發出這樣的憤懣與譏刺：

既然是同志、戰友、同胞
你何必要為我設下圈套？
既然你打算讓我帶上鐐銬，
又何必面帶微笑？
你們在我們嘴上貼滿了封條，
我們在自己的腦袋上掛滿了問號！
啊！真正的同志！戰友！同胞！
為什麼不像星星那樣互相照耀！

「苦戀」還透露了「您愛這個祖國，可這個國家愛您嗎？」的憤語，並在劇中一再用天上的人字雁群，暗喻在一切權利之上還有人道，以譴責中共踐踏了人的尊嚴，抹殺了人的價值㉝。白樺即因此劇被點名批判，此即有名的「白樺事件」㉞，連帶地還引發了一連串中共對文藝界的整風。㉟

(三)「傷痕文學」的價值

「傷痕文學」是否定「文化大革命」的文學，作家們以人道主義的眼光，對以「階級鬥爭為綱」的文化觀念作出強烈的抨擊。這種抨擊不僅是情感的迸射，也包含著初步的反思。它的批判的對象包括階級鬥爭擴大化的理論和實踐，如吳新華的「傷痕」；反革命集團的罪惡和極左路線的危害，如劉心武的「班主任」；還包括冤獄、株連和個人崇拜，如白樺的「苦戀」及巴金的「懷念蕭珊」等。整個「傷痕文學」是對十年劫難的一次巨大群體性的情感抗議。

正因為「傷痕文學」作品產生在「文革」甫結束的那段時期，作家的思想還沒有從長期束縛他們的思維模式中完全解放出來，於是，在一些「傷痕」的作品裡，每每把普通人的悲劇往往歸因於惡人的陰險和狡詐，表現出來的是一種忠心而未被理解的冤屈和不平，是一種肯定個人崇拜前提下的對野心家的譴責，而不能引出對「文化大革命」之所以會發生的歷史淵源的探討，「反思文學」於焉產生，乃是「傷痕文學」的必然延伸和深化。

三、「反思文學」（一九七九—一九八三）

㈠「反思文學」的興起

「反思」一詞出自英國哲學家洛克，他將「心靈的內部活動」的知覺稱為「反思」。「文革」後大陸文學創作由「傷痕」轉向「反思」的歷史潮流裡，作家對「文革」的批判逐漸深化，對那段浩劫重新觀照等衹是見之於外的表象，隱藏在反思文學潮流背後的哲學思潮才真正扮演了催生婆的角色。一九七九年中共十一屆三中全會展開了關於真理標準問題的討論，訂下了實事求是、解放思想的路線。作家們於是用「實踐」這一威力無比的真理觀去審視一切，而有「反思小說」的大量出籠。在這些作品裡，主題已由政治性的批判轉入深層次的哲學歷史「反思」了。

㈡「反思文學」作品舉隅

1. 高曉聲的「李順大造屋」

高曉聲一九二八年生於江蘇省武進縣，五十年代初期即展露了文學才華，後來，被打成右派，回家鄉農村從事勞動，如此持續生活達二十二年之久。在與農民共同生活的基礎上，他產生了與農民共有的感情。㊲

「李順大造屋」是高曉聲重返文壇後的第一篇有影響力的作品。小說以一個憨直、對共產黨滿懷理想的農民李順大三十年造屋的始末，來概括大陸當代農村生活的歷史。李順大在中共「政權」建立之前，是一個徘徊於飢餓線上的窮船戶，苟延殘喘度日，從不曾奢望造一間遮風蔽雨的住屋。中共實行「土改」以後，李順大樂觀地認定自己有了共產黨和社會主義這座靠山，在新的社會條件下，他們一家決心拚死拚活要蓋出三間房。但每一次夢想接近實現的時候，就被政治的變動粉碎了。一直熬到一九七九年冬天，政治形勢發生了有利於農民的根本變化，李順大一家才終於造成了屬於

他們自己的房子。㊳

高曉聲在探討李順大的一生命運時，最重視的是政治的動盪對農民經濟生活的影響，以及他們精神的惶惑和成長㊴。長期以來的左傾思想不斷地侵犯和剝奪農民的經濟利益，從而挫傷了他們的積極性，嚴重破壞了農村的生產力，這是作者藉著李順大造屋史對中共極左統治的深刻抨擊。

但正如高曉聲自己所言：「李順大固然在十年浩劫中受盡了磨難，但是，當我探究中國歷史上為什麼會發生這場浩劫時，我不禁想起李順大這樣的人是否也應該對這段歷史負一點責任。」㊵李順大對社會主義的理解祇是「樓上樓下，電燈電話」㊶，他對蘇聯的恐懼，以及對親家新屋被拆的嘲謔態度，在在都體現了傳統中國農民自私、落後、無知、「自家人拆爛汙」等等弱點。高曉聲很明顯地在頌揚農民善良、勤勞等優美品格的同時，也深切了解他們這些弱點若是不改正，中國還是會出現皇帝的。正是這種在對現實苦難的描述裡，融入了歷史的思考，才使得高曉聲的農民觀念更具歷史感，這種反思歷史的獨到的深度，也使得他的作品卓然立於同類題材作品之首。

2.茹志鵑的「剪輯錯了的故事」㊷

茹志鵑是五〇年代在大陸文壇上崛起的女作家。一九二五年生於上海，祖籍浙江杭州，是大陸新一代女作家王安憶的母親。㊸

七九年復出後，寫出「剪輯錯了的故事」、「草原上的小路」、「一支古老的歌」等一系列的小說，主要在探索老一輩出生入死的革命者，三十年下來，為什麼已經不能和群眾、下一輩溝通，甚至完全走到他們的對立面去？

在「剪輯錯了的故事」這篇小說裡，這個和群眾疏離的老幹部的名字叫老甘。在艱苦的戰爭年代裡，他和農民群眾們同甘共苦、生死與共。到了五八年「大躍進」時，老甘卻在浮誇風下，學會了弄虛作假、欺上瞞下。為了自己的昇遷，不顧農民死活要求狂熱蠻幹。當年戰爭時候一心一意支援過老甘的農民老壽，不禁對前後判若二人的老甘發出「革命現在好像摻了假，革命有點像變戲法……」㊹的深刻質疑。

茹志鵑透過刻劃老甘在兩個不同年代裡判若二人的思想、行為，思索中共立「國」以來幹群（幹部和群眾）關係的明顯變化，而對當前大陸社會的一個重要問題——老（中）年幹部的異化問題深致憂慮。

3.張賢亮的「綠化樹」與「男人的一半是女人」

張賢亮是江蘇人，一九三六年生於南京。自小就表現出文學方面的才華和興趣。一九五八年因寫作政治抒情詩「大風歌」被劃為「右派份子」，至此被下放到寧夏長達二十年之久㊺。

隨著「文革」那個瘋狂時代的結束，隨著他張揚自我的浪漫天性的重新萌發，張賢亮長期蘊積的創作熱情再度迸發，他於是陸續地寫出「靈與肉」、「肖爾布拉克」、「綠化樹」、「男人的一半是女人」等一系列以知識份子在「文革」中的命運為主題的小說。

「綠化樹」這篇小說，可以簡單概括為知識份子章永璘如何在反右、文革期間在農村接受貧下中農再教育，並與塞外女子馬纓花相戀卻終未結合的故事。它的深沈涵義則在於對於知識份子地位與思想意識變異現象的揭示以及他們如何在人民溫厚的土壤再萌生出生活意志的過程的闡釋。

「文革」那種幾乎把所有知識、文化都看成是資產階級的精神財富的極左邏輯內化為章永璘的「情結」，他於是「自慚形穢了，輕蔑，我已經忍受慣了，已經感覺不出別人對我的輕蔑了。」㊻章永璘負荷著如此深重的「原罪感」與「自卑感」毋乃是五七年開始大張旗鼓，至「文革」期間登峰造極的知識份子「大閹割」悲劇中一個極其普通的現象而已。

這麼一個喪盡自尊、自信的知識份子章永璘後來遇到一個粗獷、慓悍、拉大車的海喜喜，一個真誠、熱情的女子馬纓花，他們二人對章永璘發揮了逆補及順補的作用，使他由一個空靈、孱弱的知識份子蛻變成一個實在、強壯的勞動者。當新生的章永璘再度踏上那片他從事勞改的土地時，他也對自己的蛻變過程給予了這樣的肯定：「我雖然在這裡度過了那麼艱辛的生活，但也在這裡開始認識到生活的美麗，馬纓花、謝隊長、海喜喜……這些普通的體力勞動者心靈中的閃光點，和那寶石般的中指紋，已經溶進了我的血液，成了我變為一個人的新的質素。」㊼

「男人的一半是女人」無論從小說發生的年代、小說主角和主角的階段性看來，都是「綠化樹」

故事、人物和本體象徵的延續和發展。男主角仍是章永璘，女主角換了黃香久。

小說乍看之下，很像只是一部涉及男、女主角之間的「性」的敏感問題的庸俗傳奇，但它的深刻意蘊則在於探討知識份子心理被閹割的狀態及其爾後完成自我認同的過程。

章永璘和黃香久結婚後卻發現自己無法和妻子結合，張賢亮此處用生理上的性無能來隱喻知識份子心理被閹割，喪失創造力、生命力的委頓狀態。後來，章永璘在一次抗災救險的行動裡，成了那群慌亂無著人們的領袖和靈魂，從中第一次體驗了自由人才有的——主宰自己，乃至主宰別人的心理感受，章永璘於是獲得了自我認同，也恢復為一個正常、昂揚的男子漢。

章永璘最後出走，投入一場真正屬於人民的運動，更凝聚了張賢亮對「文革」那段歷史的理性總結：儘管「左的政治和四人幫統治閹割著生產力和生殖力，然而，人們的生存和發展的慾望並沒有泯滅，人們在與自然的鬥爭中又不斷地培育出生產力和生殖力。這樣，就必然要爆發一場政治鬥爭，將四人幫及幫派體系整個瓦解」[48]。惟有身歷「文革」，張賢亮才能對「文革」本質作出這麼深沈的思考與檢討！

4.巴金的「隨想錄」[49]

巴金是三〇年代即已成名的老作家。中共竊據大陸後，擔任「上海文聯主席」和「上海作協主席」，但無實權。一九六二年發表「作家的勇氣和責任心」，批判大陸文壇，「文革」期間，他為此文章受了數十次「批鬥」，一九七七年才恢復寫作，寫出「懷念蕭珊」及「隨想錄」等作品[50]。

「隨想錄」是巴金在香港「大公報」副刊上開闢的「隨想錄」專欄的結集出版，共五冊，一五〇篇。在「隨想錄」裡，巴金把筆當作手術刀，一刀一刀解剖自己的心：懺悔自己為了苟全，把別人送到解剖桌上[51]；寫過「遵命文學」批判柯靈[52]；參加過批判丁玲、馮雪峰、艾青的大會，跟在別人後面丟石頭[53]；思索到封建毒素並不是林彪和「四人幫」帶來的，祇因為我們這個民族自己「吃」那一套封建貨色，林彪和「四人幫」販賣他們才會生意興隆[54]；指出中國人不用自己的腦筋思考，一切訴諸「長官信仰」，才會造成「四人幫」把種種「出土文物」喬裝成社會主義，而以封建專制主義的全面復辟來反對不曾出現的「資本主義社會」[55]；揭露「文革」期間說謊的藝術發展到了登峰造極的地步，謊言變成了真理，說真話倒犯了大罪㊻……巴金和別人一樣反思「文革」，但他想到的是自己的幼稚，自己的懦弱，從自己開始去總結這場民族浩劫，他的作品毋乃是政治性反思、文化性反思、和自審性反思結合得最好的藝術品，中共「社會科學院」文學研究所所長劉再復稱道它是魯迅之後少數具備「與民族共懺悔」的自審意識的深刻作品之一。㊼

㈢「反思文學」的價值

「反思文學」從題材上看，它所涉及最多的有兩類：一類是以五八年「大躍進」為開端的農村歷史，另一類則為以五七年「反右鬥爭」擴大化為開端的知識份子的命運。

「李順大造屋」、「剪輯錯了的故事」屬於第一類。在反映農村題材的這類「反思小說」裡，可以發現一個很突出的現象，將之與中共竊據初期的農村題材小說相較，作品的著眼點已有明顯的不同——即主要已不是農民走不走社會主義道路的矛盾，而是在走上集體化道路之後所遇到的坎坷、辛酸㊽。值得重視的是高曉聲和茹志鵑都在歷史運動的對立面中看到內在的聯繫：高曉聲指出李順大身上的傳統中國農民的弱點也該為「文革」這段歷史負點責任；茹志鵑看出老、中幹部的異化問題是中共長期以來幹群關係惡化的關鍵。

「綠化樹」、「男人的一半是女人」屬於第二類。在這兩篇小說裡，張賢亮力圖以更自覺的歷史意識來全面認識大陸當代社會歷史的極左運動，發現歷史運動中許多微小部分的重要意義，以說明無數偶然際遇中的歷史必然性，也包括對知識份子自身的反省。㊾

「反思文學」和「傷痕文學」的區分點，表面看來是題材和主題的變遷，而這變遷的決定性因子，乃是哲學的介入。在回顧「文革」，乃至更早時期的中共歷史時，「傷痕小說」延續了政治上的歌頌與暴露的傳統，「反思小說」則在反思客觀歷史與主觀自我的時候，傾注了哲學本義的憂患意識。源於先秦儒家「仁」的哲學的憂患意識，表現了中國知識份子的「先天下之憂而憂，後天下之樂而樂」和「我不入地獄，誰入地獄」的思想傳統，這尤其見之於以知識份子為題材的「反思小說」中。㊿

西德戰後的「廢墟文學」也是傷痕文學的一種，相當深刻地刻繪了戰爭所帶給日耳曼民族的慘痛經驗，但因為它缺乏深沈的哲學反思，這種文學也就難以為繼。當代大陸的「反思文學」實在是對「傷痕文學」一次了不起的昇華，具有著極其重大的意義。

四、尋根文學（一九八二年——）

(一)尋根文學的興起

大陸當代文學中的文化尋根意義，最初起於一九八二—八三年間王蒙發表的一組「在伊犁」系列小說。雖然小說本身不過是個人生活經歷的反思，但其對新疆各族民風以及伊斯蘭文化的關注，對生活的實錄手法以及對歷史所持的寬容態度，都為以後的「文化尋根」派小說開了先河。⑹

到了一九八四—八五年間，「尋根文學」作品已經蔚為大觀、新人輩出了。儘管作家們對「文化」與「尋根」的理解不盡相同，「尋根文學」創作因而展現了紛繁多樣的風貌，但基本上可概分為兩類：一類是對原始生命強力的追尋；另一類則為對中國傳統文化的追尋。張承志、賈平凹、韓少功、鄭萬隆、烏熱爾圖等作家孜孜不倦地挖掘著蠻荒自然和邊疆民族的文化寶庫，作品展現並歌頌一種非文化的原始精神，作為對一種爛熟的傳統文化的否定⑥。汪曾祺、阿城、鄭義、李杭育等人則屬於第二類。這些作家的作品展現了另一幅完全不同的文學世界，而直指中國文化的核心。

(二)「尋根文學」作品舉隅

1.阿城的「棋王」、「樹王」、「孩子王」⑬

阿城原名鍾阿城，生於一九四九年的清明節。「文革」期間下鄉插隊落戶，「文革」結革後，根據下鄉經驗，寫出一系列批判「文革」、反思民族文化傳統的哲理小說。⑭

「棋王」的焦點集中在一個素樸、執拗的棋呆子王一生身上。王一生的象棋學自一個撿字紙的老頭兒，老頭兒向王一生這樣解釋「中華棋道」：「陰陽之氣相游相交，初不必太盛，太盛則折，……太弱則瀉。若對手勝，則以柔化之。可要在化的同時，造成克勢。無為即是道，也就是棋運之大不可變，……」[65]完全是把棋道作為中國傳統的宇宙觀和人生觀融成一片的主要象徵。小說結尾，一個贏得象棋冠軍的老者對王一生甘拜下風，這樣稱許王一生的棋道：「你小小年紀，就有這樣棋道，我看了，匯道禪於一爐，神機妙算，先聲有勢，遺龍制水，氣貫陰陽，古今儒將，不過如此。老朽有幸與你接手，感觸不少，中華棋道，畢竟不頹……」[66]更是明白地指出了王一生的棋道是融會貫通了中華民族的基本思想。

阿城將「棋」的使命安在王一生身上，是饒具深心的。阿城「相信人民中間的智慧，相信卑賤者最聰明」[67]，傳統文化的命脈由撿字紙老頭兒傳給了寒傖貧賤的王一生，王一生從此在變動不居的時運中，毅然地肩負起傳承歷史、文化的重責大任。

「樹王」寫的是鄉下老漢蕭疙瘩抗拒知青砍樹，而與樹偕亡的故事。蕭疙瘩護樹的說辭是：「我是粗人，說不來（它）有什麼用，可它長成那麼大，不容易。它要是個娃兒，養它的人不能砍它。」[68]「可這棵樹要留下，一個世界都砍光了，也要留下一棵，證明老天爺幹過的事。」[69]可看作是道家愛生惜物、不願戡天役物的人道主義的體現，又可看作是蕭疙瘩這一鄉野粗人對傳統文化這棵大樹的珍惜、寶愛，拚死不忍見其銷燬、絕滅。

「孩子王」寫的是下鄉青年客串教師，教導一群鄉下孩童的故事。鄉下教育環境其差無比，師資、書籍嚴重匱乏。但是阿城的用心在寫匱乏環境中的人的精神世界的堅持與豐實：小說中「我」這個年輕老師執著地按照自己的理想教書；鄉下孩子王福勤奮向學、求知若渴；王福的父親王七桶——一個粗人，即使在文化大革命那種漫天蓋地的非文化、反文化的氛圍裡，猶自保持著對文化的尊崇、嚮往，為了資助兒子上學，而不辭勞苦地上山砍柴。年輕教師臨行慨贈字典給王福，更象徵了文化、知識的傳承和薪火不絕。

由前述三篇作品看去，阿城小說的整體創作意識，來自作者對傳統文化所作出的思考，以及為民族文化的現實地位而承受著的渾厚感受[70]。小說裡的棋、樹、字典於是躍出了字面的、單薄的意義，而負載了豐富而嚴肅的文化意識。

2.賈平凹的「商州初錄」[71]

賈平凹是土生土長的陝西人，一九五二年生。「文革」期間輟學務農，一九八三年起從事專業文學創作，寫出「商州初錄」、「黑氏」、「天狗」等傑作，藉著刻劃陝南山鄉水城的風俗民情，對中國文化的歷史和現狀進行思考，是「文學尋根」派的大將之一。[72]

「商州初錄」是由引言和十三個篇幅短小、各自獨立卻又有著內在聯繫的作品所組成。「桃沖」是一篇「桃花源記」式的小說，頌揚樂天安命的人生觀；「一對情人」、「摸魚捉鱉的人」、「屠夫劉川海」寫的是小兒女的戀情或對愛的憧憬，全篇洋溢著山野式的意趣；「石頭溝裡一位退伍軍人」以一對鰥夫、寡婦爭取結合的故事，探討鄉野地方不合理的婚姻觀；「劉家兄弟」寫一對外鄉兄弟落籍商州賈家溝，後來卻有著截然不同的兩種生命歷程；「小白菜」則藉劇團女演員小白菜在「文革」期間以及以前的遭遇，來反映社會歧視演員，演員社會地位低下的情況；「一對恩愛的夫妻」裡揭露了中共上級領導幹部利用職權為所欲為的劣行，求訴無門的丈夫最後憤而毀了妻子的容顏。

「商州初錄」呈現的是一組特定的社會民俗風情畫面，一個交通閉塞的山區的日常生活面面觀。瀰漫在各篇小說裡的是古樸的商州民情，充滿了原始的純真和旺盛的生命力，人們求生的手段和渴望都很粗獷奔放，愛憎分明強烈，道德的原則重於物質的盤算，強悍堅韌卻又重義豁達。然與此同時，由另一面看，又明顯地停滯保守，狹隘愚昧的偏見左右著許多人的思想，人們於是有意無意間摧毀了許多美好合理的東西而不自覺。這閉塞的天地似乎是恆久不變的，然而當前大陸農村經濟改革的浪潮卻強烈地撼動了固有的一切，兩代人的追求、嚮往與喜好的差異明顯地標誌著變化的醞釀和運行。作品雖寫的是商州，但實際上是中國民族精神和現實的再認識。作者讓讀者從歷史與現實的交匯中去思索回味，期待著過去與未來、古樸和文明、精神與物質、傳統美德與現代文明的和諧結合[73]。

(三)「尋根文學」的思考

1.「五四運動」是中國近代史上一樁影響最深遠的大事。「五四」引進西方文化，西方文化和傳統文化如何取捨、和合的問題，一直是文化、學術界爭論不休的主題。一九四九年以後，馬列思想壟斷大陸，傳統文化被置於馬列廟堂之下「受審判刑」⑭，「『文化大革命』更把民族文化判給階級文化，橫掃一通，我們差點兒連遮羞布也沒有了。」⑮面對著「文革」後的中國文化的破滅狀態，又目迎著因開放政策而再度兵臨城下的西方文化，大陸年輕一輩有深心的學者、作家們有意識地從理性超越來實現對中國文化的創造性重建的工作⑯，這就是大陸近年「文化熱」及「尋根文學」思潮產生的時代背景。

「尋根文學」的作家們，其所懷抱的理想毋乃是相當崇高而嚴肅的，他們想要完成的是「五四」迄今一甲子所有中國讀書人困心衡慮，而仍苦無良策的艱巨工程。他們的父親一輩批判了他們的祖父一輩，他們如今繞了一個大圈子，卻又回到了祖父輩的起跑點上，豈不是讓歷史開了一個大大的玩笑？

有些「尋根文學」作品也正如反對他們的人士所指陳的：「它們有時確實對某種傳統文化帶有一些批判意向，但這種無力的批判又往往被醉心的讚美所淹沒。」⑰而「尋根文學」作家們對傳統文化和西方文化究竟如何和合、浸滲，仍未提出確切的說法，倒是以作美學研究出名的大陸思想家李澤厚具體提出了「西體中用」的說法，主張把吸收進來的「西體」在通過「中用」以後，一點一滴地融入中國文化的血脈之中。這個說法應該是比較切實而可行的。

2.大陸當代的「尋根文學」思潮與七〇年代在此地興起的「鄉土文學」運動，看似一對孿生兄弟，其實並不盡然。「尋根文學」是在哲學意識強化中，通過「尋根運動」，把自身送到一列更高的審美層面⑲，它所關注的是文化的主題；七〇年代的「鄉土文學」運動則是對六〇年代欠缺民族風格、脫離台灣社會生活現實的「現代文學」的反動，和六〇年代末期、七〇年代初期的台灣內外的政治、經濟情勢密切相關，政治、經濟、文化同是它關注的主題，但政治、經濟更佔凸顯的地位。對二者之歧異，作一番釐清與爬梳的工作，是有其必要的。

五、結論

㈠、劉再復及多位大陸文評家都以「人道主義的復歸」來概括「文革」後的大陸文學發展，劉再復並明言：當代大陸文學發展的過程，是以社會主義的人道主義不斷取代「以階級鬥爭為綱」的觀念的過程[80]。以這種說法來檢視「傷痕文學」、「反思文學」及「尋根文學」，在「傷痕」作品裡看到的是「文革」對人的物質與精神方面的迫害與扭曲，作品熱切地關心著人，呼喚著對人的尊重；在「反思小說」裡呈現的更多是表現濃厚人性、人情、人道主義的主題；而「尋根文學」裡面的人則擴大、升高為整個民族，對中華民族五千年的歷史、文化進行檢討、思考，也脫不了「人道主義」關切、重視人的景況的主題。由於「文革」的影響既深且鉅，「文革」結束剛滿十年，由「傷痕」—「反思」—「尋根」這一系列的文學發展，是過去十年大陸文學思潮的主流。

㈡、劉再復還對大陸近年來愛情小說的湧現，歸之於是人道主義的深入，作家把對人的關心和尊重推向每一個個體，每一個獨特的感情世界[81]，提供了另一個觀察「文革」後大陸文學發展的視角。粉碎四人幫以後，隨著改革、開放的漸次展開，大陸人民的社會意識、思想觀念也受到巨大衝擊，人性、人的自然需求隨之要求自由發展。這種情形反映在文學創作上，便是愛情小說的大量誕生。愛情題材永遠是一個最敏感的領域，大陸當前的社會的發展、變革都在這個領域中顯示出徵兆，它成為「文革」後大陸思想解放運動的一個顯眼的組成部分。

註釋

①許子東，「新時期的三種文學」，「文學評論」月刊，一九八七年第二期，頁六四。

②上海「文匯報」，一九七八年八月十一日。

③巴金這篇作品原載於一九七九年四月號的廣州「作品」月刊，巴金為香港「大公報」撰寫的「隨想錄」中也刊出此文。本文引自巴金，「隨想錄」（上冊），香港三聯書店，一九八一年五月，頁一四—三二。

④「人民文學」，一九七七年第十一期，頁一六—二九。

⑤「苦戀」初名「路在腳下伸延」，改編成劇本後，先名「太陽與人」，後改名「苦戀」，此據陳若曦：「文藝下馬——中國大陸新『文藝整風』」，「中國時報人間副刊」，民國七〇年五月二十四日。

⑥「人民日報」，一九七八年十二月十日。

⑦原載「清明」，一九七九年創刊號；轉引自人民文學出版社編輯部編，「中篇小說選」一九七九—八〇，第一輯，北京人民文學出版社，一九八一年二月，頁一—九二。

⑧原載於「雨花」，一九七九年第七期，轉引自「中國當代文學作品選評（中）」，河北人民出版社，一九八四年十月，頁三七一—三九二。
⑨「人民文學」，一九七九年第二期，頁六五—七六。
⑩原刊於大陸刊物中，本地新地出版社予以整理出版，本文引自台北新地出版社，民國七六年三月初版。
⑪原刊於一九八五年五月的「收穫」月刊上；本文引自台北文經出版社，民國七六年初版。
⑫張抗抗，「廢墟的記憶」，「人民文學」，一九八六年第一期，頁一一。
⑬季紅真，「文明與愚昧的衝突（下）」，「中國社會科學」，一九八五年第四期，頁一五八。
⑭「棋王」、「樹王」、「孩子王」原是三篇小說，分別發表在大陸文學刊物上，此地新地出版社將其結集出版，本文即引自該處，台北新地出版社，七五年八月初版，頁一—一七五。
⑮原載於「十月」，一九八四年第一期；轉引自台北新地出版社出版的「北方的河」，民國七十六年十二月初版，頁三一—一七二。
⑯原載於大陸文學刊物中，本文引自柏楊主編，「賈平凹卷——天狗」，台北林白出版社，民國七十七年三月，頁二〇一—三三五。
⑰同②。
⑱許芥昱，「美國加州舊金山州立大學中共文學討論會上的發言」，高上秦主編，「中國大陸抗議文學」，台北時報文化出版公司，民國六八年八月，頁八六。
⑲馮牧，「在北京短篇小說座談會上的發言」，「文藝報」，第三四三期（一九七八年七月），頁一〇。
⑳轉引自高上秦編，「中國大陸抗議文學」，頁一一五。
㉑同前註，頁一三〇。
㉒同前註，頁一二八。
㉓同④。
㉔同④，頁二二。
㉕同④，頁二〇。
㉖同④，頁二〇。
㉗季紅真，「文明與愚昧的衝突（上）」、「中國社會科學」，一九八五年第三期，頁六〇。

㉘轉引自高上秦編，「中國大陸抗議文學」，頁五七—一〇〇。
㉙同前註，頁六〇。
㉚同前註，頁八〇—八一。
㉛黃南翔，「白樺和他的文學活動」，香港明報，一九八一年四月二十五日。
㉜同⑤。
㉝文壽，「人的形象」，中央日報副刊，民國七〇年五月二十一日。
㉞同㉛。
㉟人民日報特約評論員，「愛國主義是建設社會主義的巨大精神力量」，一九八一年三月二十日，該篇社論是針對「苦戀」等作品而發，該文獲「北京日報」和上海「解放日報」轉載。後來，「解放軍報」一九八一年四月十七日的社論指出：除白樺外，還有劉賓雁、王蒙、王若望、李淮、沙葉新、高曉聲等人的作品也要清算，一場文藝整風於是展開。
㊱劉再復，「新時期文學的主潮」，上海文匯報，一九八六年九月八日，第二版。
㊲同⑧，頁三九二，「作者簡介」。
㊳同⑧。
㊴同㉗，頁一〇。
㊵高曉聲，「長江文藝」，一九八〇年九月號；轉引自季紅真，「文明與愚昧的衝突（上）」，「中國社會科學」，一九八五年第三期，頁一一。
㊶同⑧，頁三八九。
㊷同⑨。
㊸「中國當代文學作品選評（中）」，頁一八三—一八四，「作者簡介」。
㊹同⑨，頁六九。
㊺立文，「張賢亮與『牧馬人』」，香港鏡報月刊，一九八二年十二月，頁六〇。
㊻同⑩，頁五。
㊼同⑩，頁二四九。
㊽應學犁，「論『男人的一半是女人』的哲學主題」，「南京大學學報」，一九八六年第三期，頁五七。
㊾巴金，「隨想錄（上）」，香港三聯書店，一九八一年五月出版。

㊿鄭直，「巴金的『懷念蕭珊』」，「中國大陸抗議文學」，頁一二。
51巴金，「『隨想錄』合訂本新記」，「新華文摘」，一九八八年第一期，頁二〇三。
52同㊾，頁三八。
53同㊾，頁一、六一。
54同㊾，頁六二。
55同㊾，頁八一。
56同㊾，頁八二。
57同㊱。
58張鐘等編，「當代中國文學概觀」，北京大學出版社，一九八六年六月，頁四八八。
59同㉗，頁一一。
60張韌，「文學與哲學的浸滲和結盟的時代」，「文學評論」，一九八六年第四期，頁四九。
61陳思和，「當代文學中的文化尋根意義」，「文學評論」，一九八六年第六期，頁二五。
62李書磊，「文學對文化的逆向選擇」，「光明日報」，一九八六年三月六日，第三版。
63同⑭。
64李子雲，「話說阿城」，香港九十年代月刊，一九八六年一月，頁六八。
65同⑭，頁一六—一七。
66同前註，頁五八—五九。
67王蒙，「且說『棋王』」，「文藝報」，一九八四年十月，頁四五。
68同⑭，頁一〇五。
69同⑭，頁一〇六。
70郭銀星，「阿城小說初論」，轉引自「中國現代、當代文學研究月刊」，一九八六年一月，頁一三三。
71同⑯。
72同⑯，頁八—九。
73劉建軍，「賈平凹論」，「文學評論」，一九八五年第七期，頁六六。
74胡菊人，「五四的文化反思」，「中國時報人間副刊」，民國七十七年五月三日。

(75)阿城，「文化制約著人類」，「文藝報」，一九八五年七月六日，第二版。

(76)金觀濤，「反思、超越和中國文化的重建」，「中國時報人間副刊」，民國七七年五月三日。

(77)同(62)。

(78)李澤厚，「我們要有前瞻性的文化眼光」，「中國時報人間副刊」，民國七七年五月四日。

(79)丁帆、徐兆淮，「鄉土小說的遞嬗演進」，「文學評論」，一九八六年第五期，頁一一。

(80)同(36)。

(81)同前註。

朦朧以後：大陸新詩的動向

張錯

㈠導言

經過將近十年的挑戰與考驗，「朦朧詩」或是「朦朧」，無論當初其本身的定義與涵意多麼混淆①，在現今中國大陸文學的發展史裡，已經取得它歸屬的位置，我們一方面正視這種歷史現象，另一方面卻有檢討它發展與延續的必要，尤其當我們以文學發展為一整體觀念加諸於朦朧詩在大陸新詩全面發展過程，即可發現它的崛起與成長，實非偶然！當今海內外對朦朧現象的探討，興趣大都落於五、六位崛長的主要年輕詩人，並且以他們的詩作訴諸於朦朧的內涵與定義擴拓，其實朦朧詩作並非盡皆朦朧，而企圖在內裡抽樣建立所謂朦朧現象，只是傾重於風格中如意象或象徵等的實驗性，並未能正視思想內容革新中全面性的努力；容或最初朦朧露面，年輕詩者紛抒心聲②，即使有所謂近乎宣言之類，但詩風本身的發展卻呈多元性向，我們可以在力求新變的渴切裡看到一個組合，但是在個體的發展與追求，卻是自求多福，所以往往在年輕詩人的聲音與詩論裡，我們發覺他們分歧的理論均多為自己的創作實驗作支柱與詮釋，而未達成西方文學運動中必須的共識與發展中的理論架構。

朦朧詩的出現，自有其外在的政治因素，因為自一九五二年土改開始的文藝恐懼與空白，到一九五八年大躍進與三面紅旗政策的落實，詩的發展已扼殺了緣著西方傳統發展的抒情主脈（最明顯的犧牲就是「九葉詩人」如袁可嘉、鄭敏、王辛笛或陳敬容等人創作的中斷），而敘事寫實方面，更下墮直落為民歌與民謠，『只剩下歌功頌德的民歌最為吃香，當時還出版一本特厚的「紅旗歌謠」。再到文化大革命期間，許多報紙、雜誌遭到停刊，連中央唯一的「詩刊」也停了，省級的唯一詩刊「星星」，因刊出流沙河的「草木篇」也夭折了。當時大陸上最吃香的詩人只有一個毛澤東、一個張永枚，至此大陸詩壇真是「萬馬齊瘖」，現代詩也被窒息了。』③。

從一九五八年開始的詩藝下墮到一九七六年的開放提昇，政治干擾文學成了大陸新詩的絆腳石，尤其在六〇年代百花運動，詩人相繼絆倒於這塊大石下又何止一個「草木篇」的流沙河！卞之琳的「十三陵水庫工地雜詩」即是一例，所以即使到了文革以後，雖有所謂傷痕文學、暴露文學，但除了少數負有時代使命如葉文福等的抗議詩外，詩壇仍然瀰漫著保守瑟縮的氣氛，不但形式保守，內容瑟縮，而前輩詩人的詩作表現已呈老態，雖然這並不等於他們不擁護與嚮往一個新的方向，譬如蔡其矯，他對曚曨詩人的照顧與培植，就是很好的例子；但以詩創作而言，大部份年長詩人已有心無力。

由此我們可以看出，由於外在政治因素的干涉，而形成文藝狀態的真空，而文藝的真空卻加增前輩詩人與年輕詩人的斷層，因為在各種政治運動下被整肅或屈服的御用文人，大都為前輩作家，年輕一代的沈默，同時代表了他們的吸收與茁長。

而斷層的分隔，又以中西思潮在詩歌發展中最為顯著。如上所述，我們知道西方思潮的介入，大都於一九五八年前便戛然而止，尤其是英美詩歌與詩論的譯介，袁可嘉等人在五十年代中期還有介紹艾略特給中國大陸的讀者，但自反右開始，大陸詩歌的方向轉趨「民族典型」，也就是在新民歌推動下所謂革命的浪漫主義與革命的現實主義相結合，雖然「浪漫」與「現實」，皆為西方名詞，但它們的申義卻是絕對東方與中國，而此類的「正規」民族主義風格與路線，儘管日後被棄如敝帚，但卻君臨左右了大陸詩壇廿多年的天下，所以曚曨現象，不但與大陸後期開放下的西方思潮相關，以及加上年輕詩人所受的感染，同時還是整個詩歌發展過程的反動，過往多年的抑壓，造成了年輕詩人某種的渴切——追求另一種形式與思想的解放，以及有所取代多年來一無所獲的民族典型詩歌。

在覺醒與介入的前題下，我們可以這樣說，朦朧詩出現的其一原因，仍是政治性的副現象，由於政治的解放，藝術方面遂同時追求突破，尤其突破馬列主義思想的格框，公開表現抗議與懷疑的態度，這類表現，以顧城和北島最具代表性與全面性，當然，跟著而來的就是現今眾所皆知的表現手法，所謂朦朧，就是利用修辭的間接性，從而達到表達的目的，這種手段，和古代的「美刺」與「諷諫」異曲同工，儘管朦朧詩人大都以自我表現為目的，並非以當局為訴求對象。

朦朧詩底出現的另一原因實是文壇新陳代謝的正常現象，此亦是文體本身自然演變之勢，我們看出，在過往三十多年大陸詩歌的發展，一方面是缺乏實體的真空，另一方面卻是三、四十年代詩歌發展的中斷，本來一種文體的興起，由其醞釀期到實驗期，或自其形成期到擴展期，都需要大量的時間和空間，但觀諸五十年代後期大陸詩歌的發展，不但與三、四十年代的詩歌傳統脫節相悖，而且還停滯不前，容或有創意性的抗議詩出現而遭受批判，如張賢亮的「大風歌」或流沙河的「草木篇」，但在仔細審視之下，其表達技巧或語言修辭，仍然停滯在三、四十年代詩風的階段，即使到了七、八十年代的葉文福與孫靜軒，仍不脫此類窠臼。所以當我們回顧過去大陸政治運動中敢於為言而有創意性的詩歌，大都是因其內容受創而遭批判，而非來自表達形式的突破，遂而產生以下的三種詩壇現象——第一種是有潛力發展的詩人遭受批判或因恐懼而封筆，同時亦缺乏共同理想的同儕和發表的園地。第二種是所謂工農兵無產階級的半調子詩人，作品隨著運動波潮生產，甚至結集出版，但有等於無。第三種是仍有創意性內容的詩作在批判的隙縫出現，但傳統的表現手法難出新意，慢慢亦落成老套。

所以朦朧詩，或任何其他的前衛詩派的出現，實是順理成章，我們甚至可以說，由於上述的種種現象，一旦出現了創作的時機與空間，其衝擊力在詩人群中自是顯而易見，隨而產生的「焦急感」與「相異感」亦理所當然，由於過往詩歌在運動的威壓下所呈現的馴服性，現今的相異感遂帶有大量的叛逆性與抗議性；由於過往詩歌在形式與內容的表現均有開倒車的紀錄，現今所產生的焦急感遂將年輕詩人推向一個更前衛與實驗性的台前位置，以接班人或叛逆者的姿態顯示出對過往詩歌或某些前輩詩人的蔑視。

(二)朦朧崛起與大陸詩歌的走勢

朦朧現象並非年輕詩人的專利，而所謂朦朧詩，亦非始自顧城等年輕詩人，當然，一九八〇年八月在「詩刊」出現了那篇『令人氣悶的「朦朧」』，遂為那種「似懂非懂，半懂不懂，甚至完全不懂，百思不得一解」的詩歌定位④，詩的朦朧表現，已引起詩壇的普遍注意，其中就有杜運燮在一九八〇年初發表的那首「秋」：

連鴿哨也發出成熟的音調，
過去了，那陣雨喧鬧的夏季。
不再想那嚴峻的悶熱的考驗，
危險游泳中的細節回憶。

經歷過春天萌芽的破土，
幼葉成長中的扭曲與受傷，
這些枝條在烈日下也狂熱過，
差點在雨夜中迷失方向。

現在，平易的天空沒有浮雲，
山川明淨，視野格外寬遠；
智慧、感情都成熟的季節啊，
河水也像是來自更深處的源泉。

紊亂的氣流經過發酵
在山谷裡釀成透明的好酒；
吹來的是第幾陣秋意？醉人的香味
已把秋花秋葉深深染透。

街樹也用紅顏色暗示點什麼，
自行車在車輪閃射著朝氣；
吊車的長臂在高空指向遠方，
秋陽在上面掃描豐收的信息。⑤

此詩在一九八〇年一月的「詩刊」披露，隨即令詩壇一些人「氣悶」，跟著同年的詩歌活動，包括「詩刊」在四月選刊的「新人新作小輯」，八月的「春筍集」，九月在北京召開「青春詩會」，集年輕精英於一堂，隨即在十月號刊出朦朧詩人「青春詩會」作品，跟著在十一月號再刊「青年作者七人」。大陸各省市的詩刊或文藝雜誌如「長春」、「青春」、「人民文學」、「奔流」、「星星」及「春風」等，都分別推出「新人小輯」、「青年專輯」、「女詩人專號」等，換句話說，一九八〇年大陸詩壇風波雲湧，年輕詩人匯集成一股強大的力量，而一直忠誠堅決擁護這股力量誕生的詩評家謝冕有著以下的評語——

「在論及新詩潮的湧現時，需要加以強調的是它的時代性。一個讓人猝不及防的變態時代，顛倒了由革命勝利而建立起來的生活秩序。幾乎所有的人都在這場空前的動亂中蒙受了恥辱與災難。在濃重的失落感中萌發出來的追求與尋找，既給這些詩篇蒙上一片迷惘與感傷的情調，又浸透著不甘湮沒與泯滅的內在力的衝擊與奔突。它並不如諸多譴責所認為的那樣，是游離乃至背離於時代的，恰恰相反，人們從這些情感的多面晶體中可以把握到這個動蕩的、繁複的、如今正面臨著歷史性轉折的時代的折光。」⑥

謝冕的這番話，也就印證了我前面所說的產生朦朧現象的兩大因素——政治干擾下（即謝冕所謂的變態時代）所萌生的藝術真空與文字本身自然演變的新陳代謝，但是謝冕強調的「崛起」，正是傾重於年輕詩人的朦朧現象，尤其是那些能「大膽吸收西方現代詩歌的某些表現方式」，而寫出了一些「古怪」詩篇的詩人⑦，他更進一步劃分了老詩人與年輕詩人的分界線，認為即使深受西方詩歌影響的郭沫若或艾青，都終回歸入中國傳統——

「要是我們把詩的傳統看作河流，它的源頭，也許只是一灣淺水。在它經過的地方，有無數的支流匯入，這支流，包括著外來詩歌的影響，郭沫若無疑是中國詩歌之河的一個支流，但郭沫若卻是融入了中國古典詩歌，特別是外國詩歌的優秀素質而成為支流的。艾青所受的教育和影響恐怕更是『洋』化的，但艾青卻屬於中國詩歌偉大傳統的一部份。」⑧

上面的話雖然說得很婉轉，但立場卻是壁壘分明，據謝冕看來，年輕朦朧詩人的崛起是打破東西詩世界的隔絕，自探索中走向西方傳統，而年老詩人（雖然提及早已逝世的郭沫若，但更多的徵象顯示出箭頭指向仍活著的艾青）所代表的中國傳統自然與新的西方傾向格格不入。

這是批評家強辯中的障眼法，其實道理很簡單，一說出來大家均一目了然——國家文學的民族養份不夠，必須吸引外族的營養去豐富與擴充它的傳統內涵。但是問題在於所謂前輩詩人的回歸中國傳統是否就與西方傳統絕緣，謝冕這種二分法未免把一個藝術家的創作內涵看得太簡單了，無論是艾青或何其芳的法國影響，馮至或梁宗岱的德國影響，卞之琳或袁可嘉的英美影響，又有那一個前輩詩人是捨舟登陸，不再回首來時之路？如果真的把詩的傳統看成一道河流，那麼中國詩傳統這道龐大的河流將包括各種不同管道匯入的支流（也就包括了西方影響），容許兩水相遇，清濁不同，涇渭自分，但詩人自始至終，飲水思源不脫其民族傳統自是理所當然之事，而並非東西兩大傳統對立的問題。

其次，在年輕詩人所強調探索的西方傳統裡，本來並沒有多大和中國傳統相悖之處，甚至，當我們審視他們的理論與創作，當會發覺並沒有多大的西方傳統架構！同時亦不脫出意象主義、象徵主義與現代主義的表現範疇，而據他們所申述的詩觀，包括徐敬亞所強調的藝術主張和內容特徵，以及表現手法⑨，孫紹振的「新的美學原則」⑩，顧城標榜的人性的自我⑪，我們實在看不出西方美學或藝術傳統成為這些年輕詩人或批評家的精神架構與探索的方向。在這種與西方非系統性的接觸裡，我們看到的只是一種強調的「開放」以及附帶性的吸收，如此看來，朦朧詩的「古怪」現象只是它本身「實驗性」的現象，再加上其實驗的「前衛」性，自然與傳統文學產生抗拒作用，這是全世界現代文學所遭逢的普遍現象，而問題仍不在於新克服舊，或舊抗拒新，而是在有效果的實驗創作裡慢慢取得代替的位置。

果然，時間永遠站在年輕人的一邊，十年光景，朦朧現象已成為當今大陸詩歌的主流現象。

但如果我們回復文學發展的整體觀念，就可以看到朦朧現象實是一廂情願的看法，年輕詩人的崛起不是一個獨立現象，而是整體現象的一部份，我們甚至可以說，並非年輕詩人盡皆朦朧（譬如舒婷，就非常明朗），並非前輩詩人盡皆不朦朧。

上面所舉杜運燮的「秋」就是一例，因為儘管我們在此不擬詳細討論朦朧的定義與特徵，至少我們可以重複前面所說的——「朦朧現象並非年輕詩人的專利」，因為無論各種如意象、象徵、隱喻或句法等等做着朦朧的特色裡，我們看出這是自五四新詩運動以來一貫的現象，李金髮、王獨清等何嘗易懂？戴望舒、馮至何嘗坦直明朗？所以朦朧現象是一整體現象，年輕詩人代表他們的前衛實驗性，而年長詩人亦代表了他們的延續性。

無論是藝術為人生，或是藝術為藝術，其最終目的仍是追求或表現一種具象或抽象的人性，藝術家有絕對自由去追尋與表達，讀者方面亦有絕對權利去偏愛或排拒，當然我們必須警覺到作品的獨立性，而不是以讀者的反應來作評鑑的標準，但觀諸十年來朦朧現象如野火般燃起，迅速蔓延了整個詩國的大平原，蛛絲馬跡，亦可看出讀者群中對政治教條的厭惡，以及對當今大陸詩歌走勢的期待，而這一份期待，自整體而言，自不限於年輕詩人的詩作。就以卞之琳為例，當年「漢園集」的三人行，以及那被人用來與顧城的「遠與近」比美的「斷章」[12]，都超越時空長留讀者心中，卞在過去三十多年中詩創作的起伏也相當大，風格內容均有劃分線，雖然無損老詩人在整個創作生涯的光芒，一九七九年間，詩人出版詩集「雕蟲紀歷」[13]，內裡收集了他自一九三〇年至一九五八年的詩作，一年間首版迅即售罄，但民間讀者給詩人的反應卻是，希望他能多收集及出版他在一九三九年前所寫的詩，於是在一九八二年的第二版裡，詩人收輯了三十首寫於一九三〇年至一九三七年間的舊作，而一九五〇年至一九五八年間的作品只選了十四首，所以在總數四十四首的比例中，我們看出現代派的詩風與火種不但未在民間熄滅，而且在詩人取捨的方寸間（尤其到了八十年代）仍佔巨大的懸殊。這類的取捨即使放諸於九葉詩人如辛笛、唐湜、杭約赫、鄭敏，或陳敬容等，都有其準繩之處，當然，我們不能以此類推，應用在風格比較寫實的邵燕祥、公劉，或甚至臧克家等人身上。我在前面曾舉九葉詩人杜運燮的「秋」為例，因為「秋」自一月發表，即在同年（一九八〇）

八月和其他年輕朦朧詩人詩作遭受攻擊，但我們仍然不能忽略前輩詩人未受攻擊或注意的朦朧趨勢與現象，譬如陳敬容的「非邏輯者」巧妙修辭的延續，從四九年發展入八〇年代的「山與海」⑭，都可看出詩人對她風格與表現的堅持，陳敬容如此，鄭敏亦如此。

所以，大陸詩歌的歷史性走勢雖盡是八十年代年輕朦朧詩人的風光，但卻並不儘是他們的天下，儘管那些生活是網，暗黃的屍布，或黑色的眼睛尋找光明等名句，仍為台港或英美學者津津樂道，有如龐德「巴黎地下鐵」一詩之於意象主義，但現象是暫時性的，必須落實，龐德亦非賴「地鐵」的兩句詩英名不墮，而開放實驗的蜜月期即將消逝，被戴上桂冠的少數年輕朦朧詩人必須名符其實的以多面性內容與表達建立風格，從而鞏固他們在歷史上的位置。而最令人擔憂的是，本來就創作量（或發表率）不高的幾位年輕詩人，在不斷的暴露在國際性的聚光燈下，而照射中的又是那些曾被反覆談論的作品，從而產生出停滯狀態，雖然並非滿足心理，但已無復當年那種向西方學習的急先鋒銳氣。自舒婷、北島、顧城、楊煉等人相繼訪問或居留歐美以後，尚未見在創作或理論上有何突破之處。

㈢後朦朧時期

朦朧的對比是明朗，但是它的極端卻是晦澀，這本來就是現代主義的傾向，在台灣現代詩的發展裡早已看出端倪，而把朦朧歸諸於現代藝術的活動最早亦見於徐敬亞論評當前新詩的現代傾向，他認為現代主義在二十世紀世界性的潮流，已經是不可遏止地流入中國大陸，包括「小說中的意識流；美術中的抽象畫；音樂中的無調音樂；電影中的無情節；動感雕塑、荒誕派戲劇……」，而中國大陸三十多年的西方藝術全面認識——還「停留在浪漫時期，對於近代和現代的介紹，則完全偏於單一的現實主義作品。」⑮

所以徐敬亞堅決指出，在中國大陸的二、三十年代勉強說得上是現代藝術的萌芽，但在白話文學的功力而言，仍未足以產生現代詩歌，徐繼續指出——

「而七十年代末醞釀，八十年代在詩壇上出現的現代傾向，卻有著較雄厚的基礎。它的出現既有中國新詩因長期壓抑而造成的自我否定，又有伴著文藝解放而來的外部交流的促進。這無論就文化發展和政治變革幾方面看都有著一種感應性。」⑯

由此可知，現代主義藝術潮流之所以能為文革後的大陸文壇所樂予接受，其一主要原因，還是由於「長期壓抑而造成的自我否定」，而現代主義所強調的卻是以自我為中心表現的藝術，所以無論在需求與供給，雙方皆能水乳交融，而在年輕朦朧詩人的心聲裡，又以顧城的最具挑戰性與代表性，他說：

「我覺得，這種新詩之所以新，是因為它出現了『自我』，出現了具有現代青年特點的『自我』。這種『自我』的特點，和其「出身」大有關聯的。

我們過去的文藝、詩，一直在宣傳另一種非我的『我』，即自我取消、自我毀滅的『我』。如：「我」在什麼面前，是一粒砂子，一顆鋪路石子、一個齒輪、一個螺絲釘。總之，不是一個人，不是一個會思考、懷疑、有七情六欲的人。如果硬說是也就是個機器人，機器『我』。這種「我」，也許具有一種獻身的宗教美，但由於取消了作為最具體存在的個體的人，他自己最後也不免失去控制，走上了毀滅之路。」⑰

顧城是年輕詩人群中最具使命感與介入性的詩人，也是最有膽識的一位，雖不能說是直言不諱（因為朦朧詩仍是間接表現），但他除了敢用夜晚黑夜的眼睛去尋找光明外，還敢公然的向一個結束的王朝與倒下的巨人敲響喪鐘——

一瞬間——
崩塌停止了，
江邊高壘著巨人的頭顱。⑱

這是「結束」一詩最著名的開頭兩段的首段，詩人以遠方沉重的山影來代表模糊的歷史，默默紀錄了這一切浩劫的痕跡，可是這份公然大逆不道宣稱巨人的斷頭的膽識，卻又令他的父親——工人詩人顧工又愛又怕，父親不斷的訓斥兒子，其實卻是不斷的為兒子辯護，引開人們的注意力——「你是用什麼樣的眼睛觀察生活？」「你寫的世界是真實的，還是虛幻的？」「為什麼江邊高壘的岩石，不能想像成天鵝蛋，而要想像成頭顱？」⑲文革後的餘懼，仍然深深可見。

無論顧工如何替兒子辯護，甚至公然為顧城與現代派劃清界限——「不不，顧城是在文化的沙漠，文藝的洪荒中生長起來的。他過去沒看過，今天也極少看過什麼象徵主義、未來主義、表現主義、意識流、荒誕派……的作品章句，他不是在模仿，不是在尋找昨天或外國的新月，而是真正走自己的路」⑳；無論當年文革時期，舒婷如何躲在一個角落讀雨果的「九三年」或巴爾札克、托爾斯泰、馬克吐溫的小說，或聶魯達、波特萊爾的詩；越來越強的跡象在大陸詩壇顯示出有把朦朧現象歸納入現代主義潮流的傾向。

一九八六年七月，周敬、魯陽合著的「現代派文學在中國」由「遼寧大學出版社」出版，不及一年即出第二版，溯述中國現代詩歌發展的幾個重要階段，從「象徵詩歌和李金髮」及「現代派詩歌與戴望舒」開始，到承前啟後的「九葉詩人群」，甚至包括「五、六十年代台灣現代派文學」內的台灣現代派詩歌發展，然後以大陸的「朦朧詩」與「現代小說」作為「現代派文學在新時期的再崛起」囊括了整個現代主義文學在中國發展的活動㉑。一直妾身未明的朦朧詩，才有一個較全面性的歷史觀歸宿。

可是現代主義末流的晦澀虛無卻成了朦朧詩的後遺症，一九八六年一月及十二月，楊煉分別在「詩刊」發表了他的「詩，自在者說」及『「自在者說」選章（二首）』，據作者自稱，「自在者說」，乃是他最近完成的一個組詩的名稱，是試圖借「易經」作結構的一部詩集之第一部份。所謂「自在者」，實在無從稽考，楊煉亦未作解釋，大概是哲學上的「唯我論者」，以自我與自然的關係作唯一存在意義，惟「自在者」是否實即「唯我」，待查。楊煉的自在者說詩有下面這一段——

> 我感到奇怪：人們至今還在用現實、浪漫、象徵等等「主義」來囚禁詩歌，用神話、史詩等偉大的陳舊名詞來抹殺詩歌。他們忘了：詩蔑視法則和題材，它不求助於附加的，而只煥發自身的、由語言內部的豐富世界呈現的光輝。在這裡，一個詞和另一個詞富於現代感的組合與暗示，其意義遠遠超過盤古開天一擊的壯舉。㉒

詩人更自稱：

> 詩歌意識要求並正在完成那個根本的轉變，我說根本，是指在這次轉變之後，每首詩將從人們無端劃定的那些傾向和界限裡解脫出來，構成它自身的本體。它不再僅僅說明現實，而是以自身的語言構成現實，成為一種無從凌駕、無可超越的空間形式。從而獨立於所有哲學的演變、美學的更新和歷史的輪換。詩從一張白紙上漸漸顯形，永遠是生命和自由不朽的事實。㉓

如此虛無的論調我們似曾相識，一如台灣六十年代現代詩壇的晦澀虛空，而在「自在者說」的詩篇裡，楊煉更重複了當年台灣現代詩的夢魘，為了篇幅關係，在此僅簡錄兩段，然讀者當會瞭然於胸：

> 天・第五
>
> 我碎了！太陽的爪子柔軟有力，走向四面八方
> 渴於水，綠殷殷的血，光在肉裡黴如蛇行，盛大如回合
> 魚，蒼白的鱗，宣告逃亡者的勝利
> 切開一道舊傷
> 我舉手為樹、殉葬的風第十次被肢解……
>
> 風・第五
>
> 那麼，你們，被棄於高丘，茫然失措於一株女樹，淪為日出日沒，忽生忽死，復燃復滅，千番磨洗一如初潮的面目，橫亘荒野，亂石風水洋洋揮洒一絕歸路。
> 萬物被太陽一斧一斧劈成超然之臉。創世的黃土，一群黑山羊登上懸崖，顯赫而孤寂，神醒自一片蔚藍。
> ……㉔

如此不知所云的超現實夢囈竟然在社會寫實之餘重現於大陸詩壇，實在匪夷所思，如此「蔑視法則和題材」的詩作，不知經過現代主義洗禮的台灣詩人作何感想，本來晦澀本身並非弊病，適度的運用會給詩作帶來更廣闊的演繹空間，但如果縱容及濫用晦澀，而將它變成個人的洩情工具，則自侮人侮，勢將遭受淘汰，這是歷史必然法則定律。

一九八六年末，「詩刊」在山西太原舉行了一年一度召開的「青春詩會」，參加者有十五位年輕詩人，多年來，自八〇年的「青春詩會」開始出現年輕朦朧詩人後，每年的聚會都成了盛事，到了十一月號的「詩刊」，有這麼一段的編者按語：

> 大家可以看出，由於時代節奏加快，雖然只過了五、六年，這一屆青年詩人和八〇年那一屆好像已有恍若兩代的感覺。人們曾為「朦朧詩」所困惑，但它帶來的新的價值觀念和手法已使人不能不為之矚目。而眼下這一批年輕詩人更從新的角度去把握生活，他們已較多用口語化去表達他們的感受，他們對現實的關注已經有新的審美方式了。㉕

十五人當中，除了車前子、韓東兩位比較為人所熟悉之外，其他都是頗陌生的臉孔，他們包括于堅、曉樺、宋琳、閻月君等人，其中以于堅的詩作活潑灑脫，有令人耳目一新的感覺，現且舉一首「作品51號」為例：

去年我常常照鏡子看手表擦皮鞋買新襯衣
我讀「青年心理學」讀一角一張的小報
彈吉他跳倫巴唱流行歌聽課等等都幹過了
幹過了忘得乾乾淨淨只有她叫我夜夜傷心
她從小和我一起玩石頭見過我在二樓的窗台下撒尿
她長大了長高了長美麗了開放在那些鐵絲煤堆尿布中間
她的胸脯真高啊在城裡真少見她梳著長辮子這年頭真少見
我們不好意思啦心跳啦不打招呼啦昂著辮子和平頭
我天天見她捂火納鞋底醃冬菜抱著姐姐的娃娃站在木門邊
她真溫柔啊叫幹什麼就溫柔地幹什麼她上過小學沒有入團
她說我將來一定會當大詩人寫好多詩她說她真羨慕我她很自卑
我緊挨著她在院壩裡看電視看一個男人吻另一個女人
我的手燃燒著去舔她的手但她一疼就縮開了
縮開了劇終她姐姐叫她回家關窗子關門捂火
她去捂火我跟著穿牛仔褲披頭髮的女生跳迪斯科
跳累了我們坐著喘息風就從我們肩頭下的峽谷中流掉了真涼快
她知道薩特普希金知道弗洛依德她喜歡畢加索她說她的憂鬱是扇形的
我也很憂鬱她喜歡畢加索是什麼意思啊是什麼意思啊
這些都是去年的事情過去的事情甜蜜憂傷痛苦瘋狂的事情
喜歡畢加索的人多得很多得很小時候的鄰居永遠只有她一人
啊　只有她一人
她結婚那天我沒有去這年代真令人迷惘我失去了辮子也得不到畢加索

得不到得不到我照舊照鏡子看手表擦皮鞋哼最流行的歌㉖

清新的風格隨著流暢的語言，像手風琴的音樂一扇一扇地展開沒有脫節，這是朦朧以後極端可喜的現象，雖然難從一首詩中盡窺作者風格的全貌，但這種明朗現象無疑是福，而非陷於晦澀之禍，作者沒有太沉重的政治傷痛，但他亦同時把文革後某些年輕人的洒脫心態表露無遺，再加上適度的抒情語言與技巧，遂成一首令人喜愛的詩。這類風格（不儘是口語化的）同時出現在宋琳的「休息在一棵九葉樹下」、曉樺的「巨鷹」，及閻月君的「必然的薔薇」等詩，以後如有機會，當再另文詳論這些在後朦朧時期崛起的詩歌與詩論。

雖然這批詩人平均年齡僅在三十歲左右，自難強行把他們封作後朦朧時期的換班者，況且七年時間並不足以構成另一世代，更何況這七年來朦朧詩人的作品尚待認定，又何能奢言另分世代？但由於這十五位詩人的出現，我們終於在漫長的朦朧裡看到曙光。

也許，天真的開始亮了。

四月廿九日凌晨完稿於木柵化南

附註：

①關於朦朧詩的崛起與朦朧的涵義，讀者可參考蘇利文「大陸詩壇的一場大混戰」一文，香港「七十年代」，十一期，一九八一。中國大陸批評家亦指出，朦朧一詞不必深究——「朦朧詩，這個名詞本身就有些朦朧，但是已約定俗成，我們姑且仍然使用它。」周敬、魯陽合著「現代派文學在中國」，遼寧大學出版社，一九八六，一六四頁。

②可參閱張學夢、高伐林、徐敬亞、顧城、王小妮、梁小斌、舒婷、江河等人分別撰寫的「請聽聽我們的聲音——青年詩人筆談」，「詩探索」，第一期，一九八〇。我在此轉引自台北「創世紀」詩刊，六十四期「中國大陸朦朧詩特輯」，一九八四。

③江振昌「論中共的朦朧詩」，東亞季刊，十五卷一期，一九八三，台北，一〇六頁。

④見「朦朧詩精選」之「前記」，喻大翔、劉秋玲編選，華中師範大學出版社，一九八六，第一頁。「令人氣悶的『朦朧』」除了攻擊朦朧現象外，還對杜運燮的「秋」提出質疑，譬如「鴿哨」如何能發出「成熟」的音調？紊亂氣流如何「發酵」去釀成透明的好酒？假如「信息」不是實體的話，秋陽又如何能「掃描」出豐收的信息？

⑤璧華編「崛起的詩群」，香港現代文學研究社，一九八四，七十九頁。

⑥「現代派文學在中國」，見註①，一六五—一六六頁。

⑦謝冕「在新的崛起面前」，原載一九八〇年五月七日「光明日報」，在此轉用「創世紀」之「中國大陸朦朧詩特輯」，六十四期，七十頁。

⑧仝上，七十一頁。

⑨見註②「中國要產生全新的詩，甚至全新的情感，全新的語言！甚至全新的原始構想，全新的文學排列!!」八六頁。

⑩孫紹振「新的美學原則在崛起」，原載「詩刊」一九八一年三月號，此處轉引自「創世紀」，見註②，七十三頁。

⑪顧城「新的『自我』，正是這一片瓦礫上誕生的。他打碎了迫使他異化的模殼，在並沒有多少花香的風中伸展著自己的軀體。他相信自己的傷疤，相信自己的大腦和神經，相信自己應作自己的主人走來走去。」見註②，八四頁。

⑫江萌「論一首朦朧詩」，「當代」創刊號，台北，一九八六，六二—六四頁。顧城的「遠與近」：

你，
一會看我
一會看雲。
我覺得
你看我時很遠，
你看雲時很近。

卞之琳的「斷章」：

你在橋上看風景
看風景人在樓上看你。
明月裝飾了你的窗子，
你裝飾了別人的夢。

⑬卞之琳，「雕蟲紀歷」，北京人民文學出版社，一九七九。第二版，一九八二，香港三聯書局出版。

⑭見「她們的抒情詩」，福建人民出版社，一九八三，二五二——二五三頁。

⑮徐敬亞，「崛起的詩群」，見註②，八一頁。
⑯仝上，八一頁。
⑰見註②。
⑱「朦朧詩精選」，見註④，三五頁。
⑲璧華「用黑色的眼睛尋找光明——評青年詩人顧城的詩」，「兩岸」詩叢刊第三集，台北，一九八七，二九頁。
⑳仝上，三十頁。
㉑見註①，周敬，魯陽「現代派文學在中國」。
㉒楊煉「詩，自在者說」，「詩刊」一九八六，一月，北京，九頁。
㉓仝上。
㉔楊煉「『自在者說』選章二首」，「詩刊」，一九八六，十二月，北京，十八頁。
㉕「詩刊」，一九八六，十一月，北京，「編首語」。
㉖仝上，五頁。

小啟：因為回國時未想及從事此篇論文的撰述，手頭資料奇缺，幸得求助於下列諸位先生——張放、周玉山及陳信元，得蒙慨借資料，遂得完篇，謹此致謝。又因各類原始資料不足，不得已而轉用二手資料，情非得已，日後再作修正。

現代英雄的探索旅程
—淺論當代大陸小說的角色變遷

張子樟

前言

一九四九年後的大陸文學，基於現實需要，成為政治的傳聲筒與宣傳品。在理論方面，社會主義現實主義（socialist realism）取代了現實主義（realism），作品的情節與人物均有特定的模式。五八年間，毛澤東提出「革命現實主義和革命浪漫主義相結合」的創作口號，更加速了文學退化、萎縮與僵化的過程，完全喪失文學作品的真正意義與目標。李牧說：「在一個政治條件的壓制之下，文學本體經過外在因素的影響，使它朝向本身不是文學的目標前進，不但如此，還脫離文學的軌道，與文學作對。」①結果造成文學的疏離。文革十年中，大陸文學更趨向於死亡。

文革結束後，文學藝術獲得「有限度的開放」，結果有若大壩決堤，沛然無法抗拒。老、中、青作家以寫實的筆法、忠實地記述近三十年在現實社會中見聞到的、體驗到的、感受到的一切。小說中的主人翁不再是不食人間煙火、高不可攀的正面英雄人物，而是有血有肉的常人或低層人物。呈現在讀者面前的是一個瑣碎混亂、扭曲人性的疏離世界。

八〇年後的作品題材範圍擴大，思想深化，不再侷限於描寫「傷痕」和「四人幫」罪惡的本身。作家回顧歷史，以如椽大筆揭露過去年代的種種社會弊端。另外，作品的藝術價值也不斷提昇。年輕的作家運用不同的敘述技巧，再藉著作品中主人翁在現實生活中的種種遭遇，來表達他們對小說藝術的信念與期待。一時眾花怒放，錦簇片片。

本文嘗試以一九四九年後大陸小說中的「英雄」（主人翁）的剖析，說明當代大陸小說內容的變遷。先論述「英雄」的分類，然後以作品中英雄角色的探索過程為經，部份文學理論（如現實主義、社會主義現實主義）的應用為緯，闡明文學疏離與疏離文學的現象。結語部分，再以「調適」與「超越」來總結大陸小說內涵的提昇。

英雄之類型及其探索

小說或戲劇中，「英雄」（hero或heroine）泛指作品中讓讀者最感興趣的主人翁（central character）。此種說法與角色間道德素養之優劣比較無關。②

傅瑞也（Northrop Frye）把小說中的「英雄」分成五種基本類型。他的分法並非依據英雄的「道德高低」（moral stature），而是視其「行為能力」（power of action）而定。「英雄」的行為能力可能比我們（常人）大、或小或略同。③換句話說，「英雄」的分類是根據他能控制或操縱自然與人類世界之範圍為基準。

第一類英雄在「本質」（k ind）上勝過他人或其環境。此類英雄為「神」（divine being）。他不僅比常人優秀，且與常人大不相同。他能以凡人無法控制自我世界的方式來操縱其世界，例如，他能違反「自然律」（natural law）；他能解決常人無法抗爭的重要難題。神話（myth）或幻想（fantasy）均是此類英雄的故事。

第二類英雄雖然在「程度」（degree）上優於常人或其環境，但實際上他是常人。他往往是愛情或冒險故事（romance）中的主人翁。由於其力量遠勝他人，他似乎不僅能控制我們，且能操縱世界（事實上他可能做不到）；他跟常人一樣犯錯（但頻率不高）；身體易受傷害（但不常受傷），而且難逃一死（雖然他讓人覺得不朽）。他跟常人一樣，不敢公然反抗「自然律」。此類英雄出現在「傳奇」（legend）或「民間故事」（folk tale）裡。

第三種英雄在程度上也勝過常人，但卻無法超越其自然環境。他擔任「領袖」（leader）角色。他擁有權威、熱情，表達能力也遠勝過我們，但他的作為卻受社會批評與自然法則的約束。他會犯錯，甚至於犯罪。他易受別人或自然界的傷害。他雖非羸弱，卻也難逃一死。他的本事比常人多，但大部份本事，常人假以時日，一樣可與他比高下。這種大部份是史詩（epic）或悲劇中的主人翁。

無法超越常人或其環境的英雄歸類為第四種。他是凡人中的英雄，由於達到傳統英雄的標準，他成為英雄，但其力量、美德與本事仍與凡人類似。他不過是在某種特殊場合中冒出的凡人。偶然做了一件非比尋常的事，就變得不平凡。他常捲入非凡的冒險中。他是時勢造就的英雄，而非天縱英明。換句話說，他並非異稟天生，只是在壓力下，他發揮了天生才智。這類英雄出現在喜劇或現實主義的小說中。

能力或智慧比常人差的是第五種英雄。這種人不管如何掙扎奮鬥，始終受人嘲弄、同情、憐憫，絕非凡人熱中追求扮演的角色。常人唯有在自我鄙視的情緒中，或此類英雄確實超越常人時，才肯認同他。常人輕視他、諷刺他。在喜劇、諷刺與現實主義小說中，常看到此類英雄。④

無論是那種類型的英雄，最後都得走上探索（quest）的旅程，方能演完扮演的角色。此種探索也許是朝向某處遠地的實質旅程，也可能是英雄內心深處的內在旅程。但無論是肉體上的或心靈上的，也不論其長短遠近，此一旅程必定艱巨、危險、無法規避。在旅程的終點放置了一件貴重物品。它的價值對英雄或依賴英雄的人極為重大。此一探索目標是推動與發揮英雄本色的原動力。英雄必須走完此段探索目標的旅程，方能說探索已告結束，目標是否達成並不十分重要。那些是英雄畢其一生探索的目標呢？可能是名譽（honor）與榮耀（glory）、勝利（victory）、社會秩序（social order）或愛（love）。

在探索過程中，英雄的舉止行為均應合乎人性的要求。自古以來，滄海桑田，白雲蒼狗，唯有人之喜怒哀樂之情亙古不變。也唯有表達這些基本人性的作品才能普遍恆久，而恆久性與普遍性恰是衡量優秀作品的標準。人性永遠超越時空。透過文學作品，人性中的七情六慾、三綱五常得以赤裸裸地、完完全全地表露出來。因此，翻閱古今中外永存世間的不朽文學作品，我們發現，不論其主人翁是屬於那種類型的英雄，都具有細膩的人性刻劃。唯有充分剖析人性的作品才能產生共鳴共識，才能永垂不朽。甚至第一種英雄——神——也具有凡人的七情六慾，希臘羅馬神話諸神的行徑便是最好的印證。

英雄擁有常人的基本情感，因此，他可能會嘗遍悲歡離合。他往往必須在善惡之間掙扎、抉擇與取捨。在探索過程中，英雄時而展現人性善的一面，時而顯露其惡的一面。或情慾交織、喜新厭舊；或擇善固執，盡忠職守；或不擇手段，殘害忠良；或百口莫辯、沉冤待雪，在在都顯現英雄並非絕對完美理想。其複雜的探索過程證明了英雄有時是獸，有時是人，有時是神，不過是人的時候較多而已。世間居多數的凡夫俗子均樂意接納他們、認同他們，因為在這些英雄身上，往往可看出自己人性的投射。實際上，世間絕大多數的英雄原本凡人。然而，中共初期小說（一九四九～一九六六）中史詩性的英雄人物形象卻非如此。

第六種英雄

中共初期小說，基於政治理念的需要，作品中的英雄被迫違反意志，常以政治化的宗教理念來探索名譽與榮耀、勝利、社會秩序或愛。人物的思考、感覺與行為模式，均受政治約束。政治超越藝術，作品的情節與人物均有特定型式。情節演化簡單——勝利或者想像勝利。人物也分成下列幾種：黨員幹部，工農兵群眾的領袖必定是絕對的好人；其次為滿腔熱血，追隨中共領袖的工人、農夫；第三等人是中間動搖分子或態度搖擺不定的知識分子；最後一個當然是面目可憎，無可救藥的地主、國民黨份子。橫切縱砍，幾乎所有小說中的英雄均是黑白分明、善惡判然的角色。⑤

這種角色分類導致人物造型僵化。此階段的小說，常以人之長相衣著來判斷人性善惡，結果，往往造成正面人物的過度凸現與浮淺。抽象、理想化的典型英雄是「一個冷靜的、敢作敢為的人，有計劃的實施一套有益社會的計劃。有時為此甚至獻出自己的生命。」⑥這種以「典型」來創造的人物，永遠把黨的心願與意志擺在首位⑦，自然無血無肉、又缺乏性格、心理、思想的複雜性與深刻性，現實生活中根本不存在。

一九五八年間，毛澤東拋出「革命現實主義和革命浪漫主義相結合」的創作口號，要求作家以史詩效果來展現英雄人物的崇高壯美性格。這個口號被當時的作家視為神般的「時代精神」（Zeitgeist）。它不是善神，而是強有力的神。必須遵從它，並與其並駕齊驅，絕不可落後，且永遠不得否定或挑戰之。⑧這種以遵循典型環境中的典型人物為原則，來塑造新的英雄形象為中心人物的觀念，使得正面人物階級屬性十分明確，人物性格自然單純化、概念化、兩極化、一般化與臉譜化了。英雄角色的倒置、錯位（dislocation）與變形（metamorphosis）成為文革前大陸史詩性小說的特色。

刻意美化主人翁，結果卻造成角色概念化是「紅旗譜」（梁斌）的最大弊病。在作者筆下，主人翁朱老忠不僅是普通農民的典型，且是兼具有民族性、時代性與革命性的英雄人物。他有舊時代起義農民的英雄品格：路見不平，拔刀相助；勇猛向上、正直無邪；有膽識、深謀遠慮；不奴顏屈膝，他敢怒敢罵、能說能打、向有組織、有計劃、有目標的鬥爭道路邁進。他幾乎成為古今中外所有英雄好漢的綜合體。此類慷慨悲歌、摒棄私慾的英雄典型，令人敬畏。英雄來自群眾，卻與群眾疏離了。「三里灣」（趙樹理）的正面人物王金生是黨政策執行人。他的思想、行動與言語都遵循政治、性格刻劃亦單薄乏力，不是個血肉豐滿的人物。「三千里江山」（楊朔）的作者常把「國際主義和愛國主義精神」濫加在書中主要人物姚長庚、姚志蘭、吳天寶頭上，加上主題思想平庸，人物都成概念化的影子。曲波在「林海雪原」中，把少劍波描寫成聰明才智超人一等，做事又有諸葛亮般的神機妙算。這種描寫常常變成過分誇張且不自然。

黑白分明的兩極化人物出現在此階段的「工業題材小說」中。書記正確，廠長錯誤；工人先進、技術人員落後；以生產事故表現正面人物的英雄行徑，以反革命分子落網作為解決矛盾的方式。「百煉成鋼」（艾蕪）的秦德貴、李吉明和「在和平的日子裡」（杜鵬程）的閻興、梁建就是明顯的例子。

一般化與臉譜化亦是此階段正面人物的共同標籤。作家常以大量堆砌的抽象形容詞來粉飾英雄的種種缺失。「小城春秋」（高雲覽）的四敏是個「英勇、堅強、忠誠、沉著、穩重、老練，感情細膩豐富」的英雄，他平素「連螞蟻也捨不得踩，卻在和人吃人的制度進行無情的搏鬥。」「紅日」（吳強）的沈振新氣慨英武、性格堅毅果敢。他不知疲倦，捨命為國。他思考嚴謹、周詳精密。一切都為了實現唯一的信念：消滅敵人、奪取勝利。

典型人物的心理思維過程亦與常人不同。「林海雪原」的楊子榮除了具備以奇制勝、大智大勇、膽識過人的非凡豪傑性格外，還擁有永遠忠於革命事業的崇高品性。所以他在深山遇虎和古戰小爐匠的關鍵時刻，他就想起黨和人民的囑託，終於消除了恐懼。「野火春風鬥古城」（李英儒）的楊曉冬作風樸實、善於結合群眾。他沉著、果敢，能應付突發事件與複雜局面。他對黨無限忠誠，對勝利有堅定信念，個人得失與生死全置之度外。「保衛延安」（杜鵬程）的周大勇在「長城線上」此章的表現也是聞所未聞。他從死亡中甦醒過來，感到一種從未經驗過的孤單、害怕。這不是因他身陷屍體中，也不是感到死神招手，而是因為他意識到自己犯了大錯：離開部隊、離開戰鬥崗位。強烈的革命英雄主義終於喚起他全身力量，他又爬回自己的戰鬥崗位上去。

過度強調對黨和人民的無限奉獻，英雄對愛的探索全被壓抑。「愛」成為有強烈「貞節」觀念的英雄為國、為黨、為人民保留的感情。這些英雄認定只要政治立場一致，就有愛情。為了革命工作，就得犧牲、抑制個人的感情生活。此階段的英雄幾乎全過著單性生活。連母愛也得優先考慮到黨。「野火春風鬥古城」的母親拋棄了傳統的親情觀念。她愛兒子，更愛黨的事業。因此，在面臨抉擇時，她義無反顧的犧牲了兒子。「山鄉巨變」（周立波）的年輕女幹部鄧秀梅嚮往美麗的愛情，但黨交代的工作比個人感情更重要，衡量輕重，她只得把自私的愛化為對當地婦女的關懷與同情。「歐陽海之歌」（金敬邁）的歐陽海，「不為名，不為利；一不怕苦，二不怕死」，一心為黨為主席，可以為黨犧牲自己，但對異性從無興趣。

人性中的「是非」與「善惡」的「錯位」亦為此階段不可忽略之特色。通常英雄可能要面對四種敵人：他自己、環境的內在敵人與外在敵人，以及可能危害他及其社會的某種野獸或自然力量（如洪水地震）。刻劃英雄與內在敵人對抗過程時，應循常理來敘述英雄如何利用才智，掙脫困境，使社會恢復正常運作，發揮減少摩擦、擴大滿足的功能。但此階段小說中的英雄非但無法面對敵人，解決困難，反而常成為新「道德」標準批判之對象。「乘風破浪」（草明）的宋紫峰廠長講求企業精神。經過實際核算，他反對當時提出的過高的鋼鐵增產指標；他強調發揮行政管理作用；他反對以手工業作風與農村作風來管理大鋼鐵廠，他十分重視技術人員。然而，這一切均成為他的錯誤。五七年反右派和五八年反右傾運動，他都慘遭批判。作品對此人物的「右傾」與「業務掛帥」又著意渲染，結果顛倒是非與善惡。正直的人本來就無法生存於具有嚴厲權威者約束和對國家、人民職責有明顯概念的社會裡。⑨

如何把這些完全契合恩格斯與高爾基要求⑩的英雄歸類呢?英雄過多的社會對凡夫俗子是種極大的壓力。而對簇擁而來的英雄，凡人挫折感倍增，往往造成自我萎縮與無力，更不知何時方能學得這般不屈不淫不移?入聖超凡不是人人學得來的，也不是人人必須學的。何況人人都成堯舜，英雄也就沒什麼價值了。⑪借助黑格爾的看法，或許對此類英雄會有更進一步的瞭解。黑格爾認為：像奧賽羅（Othello）、馬克白（Macbeth）或李察三世（Richard Ⅲ）這類英雄屬於「靜態」（Static或Finished）性格。他們選擇且遵循自己的生活方式。堅持原則是他們偉大的主因，不能以傳統道德標準來衡量他們，命運註定要征服他們。而茱麗葉（Juliet）卻是「動態」（Dynamic或Developing）性格。她的寧靜心靈有如大海深處。此類英雄的意識覺醒時，生命中會出現轉捩點。他們分享的不是快樂就是死亡。⑫上面談到的那些英雄，似乎都無法歸類於「靜態」或「動態」範疇裡。這些英雄原本是傅次也類型中的第四類常人，但基於政治需要，作者絞盡腦汁把他們描述成第二類超人或第三類領袖。必要時，還可賦予像神具有的非凡能力，結果人物刻劃粗糙、概念化，缺乏血肉；其思想行動既模糊又不近情理。這些英雄就像嵌入牆內的浮雕，絕不是有稜有角的雕像。這種沒有具備完整人性、遠離紅塵的英雄不但與現實世界疏離，最後也與自己疏離了。

「傷痕」與「反思」

一九七六年十月六日，中共發生宮廷式政變。從此，大陸文學進入歷史轉折期。同樣基於政治需要，作家卻逐漸從政治工具束縛中解放出來，寫出大量干預生活、反映受傷一代的「傷痕文學」與「暴露文學」。作家「眼光從政治、政策需要的視角，轉向寬闊的社會生活領域中來，能主動地自覺地對社會生活做多視角多層次的觀察和發掘。」⑬稍後的反思文學在歷史內容上更為深入。八〇年後的小說不再侷限於傷痕、反思的範圍，作品內涵逐漸深化。

作品觸角深入廣闊多樣的社會縱橫面、往昔的神話內容被現實問題所取代。作品的靈魂——英雄角色——也不再是聖廟中供奉的超人與領袖，而是在歷史發展中受害的小角色——常人與卑微的人。英雄人物的變形為七六年後小說作品的主要特徵。這證明了現實主義的再現。

現實主義的主要宗旨在於藉著替不幸的人們鳴不平，來激發人類的同情與愛心，藉此改善人生之困境。現實主義關懷現實人生，作品中人物的現實性必定日益增加，理想成分自然相對減少。結果，作品中的主人翁往往不再具有崇高完美的性格，其靈魂也因過多的衝擊挫折而逐漸墮落。作品中的人與事，自然由超奇趨向平凡。⑭同時，現實主義小說中的主人翁註定是被征服的受害者。⑮

一九四九年後的大陸是個不安、分裂、對立、貧困、鬥爭的社會。傳統思想和偶像的毀滅，接連不斷的政治運動，使得僅有現實生活能力的知識分子，中間層與充滿無力感的低層人物日益不安與焦慮。十年文革更使得大陸成為一個是非不明、善惡不分的社會。長年處於不安和焦慮的現實受害者自然而然成為文革後以控訴、申冤為主的作品的主人翁。

五六十年代史詩式小說中的主要英雄——幹部——此時已失去昔日光彩，不再是率領廣大群眾向黑暗社會抗爭的二三類英雄。他們淪為受批判或同情的角色。「飛天」（劉克）的謝政委設計迷姦了飛天，卻認為「……只不過是生活小節上的錯誤，難道誰會因為這樣的『小節』，來否定他為黨為人民立下的功勳嗎？」「調動」（徐明旭）的幹部全是特權官僚，互相勾結，織成密密麻麻的天羅地網，殘害百姓。另外，官復原職的幹部也官復原樣，充分顯現人性醜陋的一面，如「悠悠寸草心」（王蒙）的唐久遠、「人到中年」（諶容）的焦副部長、「一束信札」（白樺）的「爸爸」。當然，也有文革遭受迫害的幹部成為受人同情的角色。「小鎮上的將軍」（陳世旭）的將軍雖然始終維持了自己的尊嚴，但依然除不去受害的疤痕。

歷史的無情巨浪淘盡了無數「英雄」。傷痕文學記載了「文革」十年動亂的傷痕，反思文學描寫範圍往前推移到文革前的十七年，深入廣泛地批判瀰漫「左」思想的共產社會。小說中的主人翁都是五七年反右派鬥爭和五八年「大躍進」以後農村中的受害者。「天雲山傳奇」（魯彥周）的羅群被「同志」地委書記吳遙陷害，打成右派，「愛人」宋微也成為書記夫人。二十多年來，羅群一直未能伸冤。文革後，吳遙依然不肯鬆手，羅群三次申訴都被壓著。最後宋微幫忙，羅群才摘去帽子。「布禮」（王蒙）的鍾亦成十幾歲就加入共產黨，卻因寫了一首小詩而被打成反黨反社會主義的右派分子。二十多年來，親密的戰友把一連串的災難加在他身上。幸好妻子淩雪對他有信心。文革後才真相大白，但寶貴的二十多年已一去不回。像羅群與鍾亦成這類英雄早已失去十七年階段中幹部那般的意氣飛揚，反而成為控訴社會弊病的代表。

十七年階段的農民英雄在反思小說中是受害者。原來與農民攜手為「革命」奮鬥的幹部成為壓榨者。當年走上集體化道路的樸實農民，在極端狂熱執行「左」路線的幹部壓制下，生活困苦不堪，不禁對「革命」的真義起了疑問。「剪輯錯了的故事」（茹志鵑）以時空交錯的手法、混淆不清的意識狀態表現了農民老壽對現實的憤慨與往昔的依戀。當年與人民同甘共苦的甘書記，眼前卻不顧往昔革命情義，堅持運走四車糧食、砍倒梨樹。面對這位在不同年代有了不同思想行為的老戰友，老壽不禁對革命起了疑問：「總覺得現在的革命不像過去那麼真刀真槍，幹部和老百姓的情分，也沒過去那麼實心實意。現在好像摻了假，革命有點像變戲法……看來戲法還是變給上面看的！這……這革命都為了誰？」「犯人李銅鐘的故事」（張一弓）的黨委書記楊文秀剋扣糧食，使公社農民斷糧七日，只得靠清水煮蘿蔔苟延性命，最後走上逃荒的道路。主人翁李銅鐘宰殺耕牛給解民鄉飢，楊文秀依然不肯幫忙，要他找代食品。李銅鐘無計可施，只好請求老戰友幫忙開倉，解了災荒。結果，李銅鐘被捕，死於「過度飢餓和勞累引起嚴重水腫黃疸性肝炎」。「李順大造屋」（高曉聲）省察了過去三十年大陸農村的悲慘生活，一位純樸的農夫為了實現造屋的心願，節衣縮食。每次接近成功邊緣，就碰上政治運動，他的建材全部歸公。後來他以反動言行與當過反動兵的罪名被關了。獲釋後，嘴裡常常「不三不四地唱著一個小曲兒」，把世界萬物都看顛倒了。最後他靠賄賂與走後門，再度湊足造屋材料，只是所花費的時間已經從「舊社會」的三年變成「新社會」的三十年。

工廠英雄也成了軟腳蝦。「喬廠長上任記」（蔣子龍）的喬光樸是行家，他熟悉電機廠的弊病。上任後，以鐵腕著手整頓。他辭退臨時工，對正式職工進行考核、節省公帑，提前完成生產任務，卻因此得罪許多人，包括那些曾大力支持過他的「長官」。他具有「領袖」的氣質，但在現實社會的奇特環境裡，不擅長搞人際關係成為他的致命傷，結果他的精力「百分之四十用在廠內正事上，百分之五十用去應付扯皮，百分之十應付挨罵、挨批。」

具有「以道自期，以仁自任，以天下自許」的高貴情操的知識分子，在初期作品中，經常扮演卑微的「臭老九」角色。在反思小說裡，一躍而成主人翁，但其命運仍受現實社會支配。「人到中年」的傅家杰文革時「整天無所事事，把全部精力和聰明才智都用在家務上了。」四人幫垮台，他又成了大忙人，連累了妻子陸文婷大夫，每天奔波於醫院和家庭之間。血肉之軀無法忍受無窮的付出，終於病倒了。傅家杰以金屬疲勞道盡知識分子的悲哀：「金屬也會疲勞。先產生疲勞顯微裂紋，然後逐步擴展，到一定程度就發生斷裂……」

傷痕與反思文學的愛情不再是對黨、對「中央」的愛，男女主角也不再是蒼白無力的愛情旁白者。「英雄」對愛情的迷惘與懷疑成為主題。「晚霞消失的時候」（禮平）的「革命英雄」後代李准平與降將楚軒吾孫女南珊不期而遇而成好友。在文革狂熱中，李准平親手毀掉此段感情。十二年後，他們在泰山山頂巧遇時，兩人已經三十二歲，往日情懷留下一片追憶，生理心理上的成熟使兩人黯然分手。「褪色的信」（諶容）的插隊知青章小娟在文革結束後，進了大學，才發現她原來是在這場可怕的十年浩劫噩夢中與農村青年溫思哲走到一起。「被愛情遺忘的角落」（張弦）的沈荒妹擺脫了當年姐姐因與人發生關係被迫跳水自殺的陰影，不理會父母對自己婚事的安排。「愛，是不能忘記的」（張潔）的女主角與男主角一生中連二十四小時都未曾相處過，連手都不曾握過，卻為男的送的「契可夫選集」而一生背負精神愛情的十字架，自我折磨。追求人生的價值，探索人生的底蘊，已成為這些故事中英雄的生存目的。

反思小說的主人翁也說明人在扮演不同角色的思想過程的變化。「蝴蝶」（王蒙）的張思遠熱中於權力的追逐，在特殊的環境中，扮演了欠缺人性的英雄。等獨子冬冬上台批鬥他，愛妻海云自殺後，他開始進入自思、自責與痛苦的過程。他比喻自己為莊子，夢見自己變成蝴蝶。醒來後，弄不清自身是何物。最後，他從偏遠地區的人民中尋回了自我。「北極光」（張抗抗）的曾儲曾經「誓死捍衛……」「也曾經有過狂熱的年代，有過迷信、有過受騙，有過……凡是從這塊土地上長大的青年會犯過的錯誤他都有過，凡是一顆真誠的心會經歷的苦痛他都經歷過。」但他恍然大悟後，並沒有萬念俱灰、沉淪、墮落。他依然好打不平、熱切關心世事。環境如何惡劣，也阻止不了他上進的心。

「傷痕」或「反思」的主要目的在於訴苦、鳴冤。小說中的主人翁不再是神或超人，具有「領袖」本質的人行徑也與常人一樣。無所不能的英雄終於不見了，起而代之的是有血有肉的凡人或卑微的人。作家仔細描繪歷史大浩劫前前後後的眾生相。但由於取材的限制、創作理念的陳舊、作品本身的歷史意義遠超過藝術價值。藝術價值的提昇有待下一階段的努力。

新題材、新寫法

八〇年後的小說似乎比現實主義作品更往前走了一步，「題材新，寫法新」⑯是最大的特色。背景不再侷限於短暫的四十年。無限時空，取之不盡，用之不竭。加上手法新穎，取材廣泛，展現了另一種風貌。

年輕一代作家的崛起也是促使此階段作品新穎的主因之一。他們以不同的表現方法來描繪英雄的奇特遭遇，展露了畸形社會中畸零人物的探索旅程；樹立女英雄的新形象；肯定人性尊嚴與人生價值。他們不但摒棄了文革前那種卡通式的超人，而且也擺脫了傷痕、反思中爭取同情的受害角色。

醜怪畸零人物的紛紛上場，無疑地給這個疏離世界再加個註腳。作家筆下呈現的盡是絕望、迷離、悲苦、焦慮、暴力、煩悶、冷漠等等。這些徵象都是人性的扭曲面。王德威認為：「……另一種形體畸零、心智斲傷的角色，才堪稱是對傳統中共英雄論述的一大反動。作家對這類角色的不斷描摹，不僅代表與日俱增的社會關懷，也透露其與權力機構進行政治對話的形式技巧，更上層樓。」⑰鄧剛的「老寬」是個扁形人：「胸懷寬大，心地透明，而且為人極善良。」照樣娶妻生女，只是生活不便。體形限制，老寬當不成軍人、演員、祕書、足球守門員，只得當海邊倉庫保管員。奇特身子常被強烈海風吹得搖來晃去。他給自己做了個錨，人像風箏一般在空中巡視。經幹部表揚，記者採訪，老寬成了「敬業模範」，反而被調到一個更遠、更艱苦的露天倉庫。陳村的「一天」把張三的一生濃縮成一天。張三一輩子在同一工廠裡做同樣工作，單調乏味，退休時還為自己保全了十個指頭而慶幸，他空白無意義的生命代表了絕大多數現代人的悲哀：每日被迫在同一崗位上做自己不一定喜歡的工作，始終找不到自己真正的潛力，只得庸庸碌碌過了一生，真不知這種生命有何意義。「白狗鞦韆架」（莫言）的獨眼女人遇到了當年同盪鞦韆而使自己一眼失明的「我」。由於生理上的殘缺，嫁了啞巴，生了三個啞兒，竟異想天開，在「我」歸途中等候，要求「我」幫忙生個

「能說話」的孩子。⑱這種場面令人訝嘆。同樣場面也出現在鐵凝的「麥秸垛」中，大芝娘被幹部丈夫休了，第二天坐汽車、火車趕到省城，要才離婚一天的丈夫幫忙生個孩子，竟然如了願。卑微的人自有卑微的想法，往往無法以常理論斷其是非。

婦女一反傳統弱者、被保護者的角色，成為真正的女英雄，是此階段的一個重要特色。在大動亂時代，英勇行為，崇高理想等等美德，對承擔家計的女英雄來說，不一定是有用的，「流逝」（王安憶）的端麗就是個好例子。她跟先生帶三個小孩，與公婆、叔姑同住。一家重擔落在她雙肩上。原住房子文革時被沒收，公婆牢騷終日；先生事事依賴她；小叔在外面混不下去、賴家不走；小姑失去男朋友，精神不正常。端麗為了家計，幫人看小孩，到工廠打零工。一人服侍八個正常與不正常的人，弄得她精疲力盡。文革後，定息、工資補發，存摺、房子還了，家中經濟大大改善，公公把一份錢給她，她莫名其妙地駭怕。她認為自己有心無力，沒做什麼，不肯拿。事後與丈夫爭論時，才發現十年已流逝，自己的容貌、性格全變了。「沒有鈕扣的紅襯衫」（鐵凝）的安然個性豪爽坦率，好打不平，是新女性的典範。姐姐安靜、導師韋婉、同學祝文娟、朱曉玲的一舉一動，不論是非善惡，也都比文中的兩位中年男子——爸爸與馬主任——來得突出。廚房失火的剎那，爸爸慌亂不已，幸虧在場的祝文娟出主意，安然採取行動，才未釀成大禍，也使得安靜安然言歸於好。

在愛的探索方面，女英雄不顧世俗，事事採取主動。「跌跤姻緣」（高曉聲）的趙娟娟擦窗跌落，壓倒了魏建綱，促成一段姻緣。沒想到魏的服務單位不同意，因為趙是資本家拋棄的小老婆。結果魏慘遭洗腦、軟禁，不得與趙見面。趙是強者，使盡法子與魏的主管周旋，屢敗屢戰，終獲勝利。作者以反諷口吻敘述這段政治干預愛情的故事，調侃之情，躍然紙上。「紅高粱」（莫言）的奶奶在傳統的新婚之夜，手執利剪抗拒有痲瘋病的新郎。她不顧鄉人閒言閒語，與救她的情人余占鰲生活在一起。參與抗日工作，她的精明能幹令鬚眉之輩汗顏。臨死前，對自己一生的做為不覺得後悔與羞愧。她不怕罪，不怕罰，也不怕進十八層地獄。「荒山之戀」（王安憶）的已婚女主人翁追尋新愛，看上了有婦之夫的男主人翁。他因生活環境一直不甚如意，始終畏葸退縮，處於被動。她逢場做戲，卻弄假成真。她不懼流言，不顧丈夫的責罵，追求「冒險的快樂，悲劇的高尚的快樂，叛逆的偉大的快樂……」最後，她帶他上山，餵他毒藥，自己也吃了，以暴力達成愛的探索，英雄的愛畢竟也不是死亡的對手。「綠化樹」（張賢亮）的馬纓花不在乎名份，不願生活擔子沾汙了她與「我」的愛情，因此不願意受婚姻制度的約束，雖然言行開放，卻守身如玉。⑲她對愛的探索似乎超越了宗教、理性與道德，但本質上仍然是創造的、肯定生命的。

英雄追求勝利，但探索的結果往往與原來的願望相反。雖然如此，英雄勇於與大自然、現實生活搏鬥，已給生命的真義作了最佳的詮釋。英雄從懷疑生命或否定生命到肯定生命價值的探索過程，充分彰顯了人性的高貴。「陶罐」（鄭萬隆）的趙勞子，以七十五歲的高齡，在大江爆裂後的大水中掙扎求生。房子毀了，他被幾個熟人從大浪中拽了出來。他想起陶罐，又走回江中。他從打破的窗戶出來，一隻手臂緊摟紅布包，在浮冰中與死神搏鬥，終於上了岸，把陶罐的碎片對成完整的罐，飄然離去，完整的陶罐象徵人生的完滿。裡面裝了什麼東西，反而不重要了。張承志的「九座宮殿」以人對傳說中寶物的探索，表彰人性不屈不撓的一面。蓬頭髮在沙漠中獨行二日，尋找「九座宮殿」古城作為他的考察題目。缺少完整的裝備，他無功而退。出了沙漠，碰到韓三十八，才知道韓的祖先為了尋找乾淨樂土，也曾闖入多次，沒幾個活著轉回來。當年，韓三十八背著整整一羊皮口袋涼水，進去三天也沒找著。兩個人的目標或許不盡相同，但探索的精神卻是一致的，體現了中華民族子子孫孫與無情大自然搏鬥的不朽精神。「閣樓」（王安憶）的王景全熱心推廣自己發明的節能煤爐。他不為名不為利，只想把心血結晶推廣到每個家庭，卻處處碰壁。更糟糕的是，有人盜用他的發明，到處兜售，又不做售後服務。連節煤辦公室的人員也動他的腦筋。每次回家，好生慚愧，只能以「蠻好」二字回答妻子的問話。從文革前奮鬥到文革後，一挫再挫，就是不認輸。最後，他竟然下定決心，準備騎腳踏車長征萬里，親自下鄉推廣，在在顯示了人的執著。「最後一個漁佬兒」（李杭育）的柴福奎是其他漁夫多半轉業後，唯一堅守打漁工作的人。魚量減少，收入大減，他不認命。他捉到大鮒魚，卻不讓魚成為籌碼，來交換一份永遠的工作。他寧願把魚餵了大貓，也不讓卑鄙的表外甥大貴沾上一口，也因此毀了成家的美夢。他堅持原則，犧牲了未來。

從上面的剖析，不難發現，八〇年代後的大陸小說，雖然不能說已經完全擺脫政治的影響，但已逐漸走上正常的創作路途。一望無邊、歷經滄桑的黃土地、動盪不安的時代背景、真實豐富的社會經驗，都成為作家取用不盡的寫作題材。在作家的辛勤耕耘下，文學的永恆主題——人的尊嚴、人的執著、人的掙扎、人的奮鬥——正如無數在眾山之間蜿蜒而行的小溪，終將匯成大河。

結　語

本文借用傅次也的英雄分類，略述近四十年來大陸小說主人翁角色變遷，得到幾點初步結論。這些結論或許有助於他日更深入的研究。

長久以來，大陸小說一直受政治左右，常常淪為某種政治運動的幫凶。政治氣候往往可決定作品的內容，以政治掛帥的作品，其藝術價值自然不高。文革前的史詩式小說，作家遵奉政治需求，以社會主義現實主義為圭臬，塑造了概念化、表面化、兩極化、臉譜化的正面人物。這種非人的英雄角色成為一九四九年至一九七六年之間小說的最大特色。文學作品完全成為政治的附屬工具時，文學的基本功能自然喪失無餘，終於導致文學疏離現象。文革後，傷痕文學、反思文學蓬勃發展，文學疏離轉為疏離文學。作家以主人翁的悲慘經歷來刻劃這段期間在政治、經濟、社會各層面的疏離現象。這些作品以闡揚人性為主題，描寫社會的黑暗面與人性之扭曲乖離，頗有三十年代文學作品之風。在特殊的疏離環境中，作家嘗試挖掘社會的所有病態現象。他們始終堅持以暴露的手法來描繪不正常體制下受害者的不幸遭遇，但卻始終未能提出治療這些疏離弊病的處方。從某種角度來看，醜男怪女的描述，主人翁變態瘋癲行為的計畫，使得原本已疏離的世界更為可怕。

或許疏離確實是人類社會中一種普遍永恆的現象，但也不必強調只有疏離才能充份顯現社會弊病與現代人的絕望。部份反思作家似有這層認識。他們在深入追溯這段悲慘歷史的前因後果後，寫作的主題已逐漸從疏離轉向「調適」（accommodation）。馬奎斯·克倫（Marcus Klein）在研究貝婁（Bellow）、艾里森（Ellison）、包德溫（Baldwin）、莫里斯（Morris）和瑪拉末（Malamud）的作品時，發現這些名家的作品在描述疏離之外，顯示出一種趨向調適的推力。[20]「調適」本意是指個人或團體之間，利用妥協或調停來消除或減少敵意，彼此互相調整的過程。依此定義，不難瞭解，在「棋王」（阿城）、「綠化樹」、「布禮」、「人到中年」、「蝴蝶」等作品中，故事的主人翁最後總是設法調整自己，與周圍的人、團體或環境妥協了。（王蒙小說中的英雄幾乎全是調適者。[21]）另一方面，現代小說中的疏離本質，如自我崩潰（ego-disintegration）、逃逸（flight）、自我監禁（self-confinement）、空間錯位（spatial dislocation）、漂泊（wandering）、退縮（withdrawal）

等，㉒已不再出現在有調適現象的作品中。對於這些小說中的主人翁來說，榮耀、榮譽、勇氣、神聖並非猥褻的字眼。㉓他們認為，這些抽象的概念似乎與奉獻、忠貞、責任、愛國心同義。這或許是因為此階段的作品過分強調社會疏離，而把自我疏離暫擺一邊的緣故。

一九八三年以後，大陸小說不但在理論方面不再受制於社會主義、現實主義，在內容方面也不再侷限於疏離現象的描繪。魔幻寫實、意識朦朧、存在虛無等等形式敘述上的實驗，擴大了作家的寫作範圍與表現方法。題材的新奇、思想的新穎、情節的荒誕等使大陸小說再進入另一個新階段。故事中的英雄角色也從「調適」轉為「超越」（transcendence）。英雄不再與自己與世界疏離，Gelfant認為，以疏離為主題的故事，在「結尾時，愛自己、愛他人、愛世界的英雄能逾越疏遠（與認命）來肯定自我與奮鬥的價值。此奮鬥是自我與世界建立關係必須參與的。」㉔這些作家藉著轉型中的現代社會的疏離層面，嘗試以作品中主人翁的弱點來反映當代中國人的弱點；以其失望展現當代中國人的失望；以其困境代表當代中國人的困境；以其痛苦顯示當代中國人的痛苦；以其幻滅象徵當代中國人的幻滅。然後，他們再以其獨特高超的藝術手法來超越這些弱點、失望、困境、痛苦與幻滅，肯定人的尊嚴與執著。這些現代英雄經歷的苦煉與酷驗在在彰顯了人性的偉大、高貴與永恆。

當代大陸小說已掙脫政治束縛，在藝術道路上邁出了一小步。此一小步他日是否能成為文學歷史上的一大步，還有待未來作品的驗證。

註　釋：

①李牧在「中國新文學運動發展之檢討與展望」中發表的意見（台北：「中央」月刊，第十五卷第七期，一九八三年五月），頁五六。並參閱李牧，「疏離的文學，文學的疏離」（台北：「文訊」月刊，一九八三年九月第三期），頁七三。

②C. Hugh Holman, *A Handbook to Literature*（Indianapolis: The Bobbs-Merrill Company, Inc., 1981）,p. 211。

③Northrop Frye, *Anatomy of Criticism*（Princeton: Princeton UP, 1973）p.33。

④Ibid., p. p.33～34。

⑤參閱夏濟安，「中共小說中的英雄與英雄崇拜」（Heroes and Hero-Worship in Chinese Communist Fiction）,*The Chinese Quarterly*, NNo.13（January-March, 1963）

⑥Rufus W. Mathewson, Jr. Preface to the *The Positive Hero in Russian Literature*,（Columbia UP, 1974）

⑦Hua-Yuan Li Mowry, *Yang-Pan Hsi——New Theatre in China,*（Berkeley: Center for Chinese Studies, University of California, 1973）,p.29。

⑧George P. Elliott," The Person of the Maker. in *Experience in the Novel,* Roy Harvey Pearce, ed.（New York: Columbia UP, 1968）, p.18。

⑨George Bisztray, *Marxist Models of Literary Realism*（New York: Columbia UP, 1978）,p. 13。

⑩恩格斯與高爾基均強調現實主義應創造典型人物。參閱①文學理論學習資料（北平：北京大學出版社，一九八〇年十二月初版），頁三四二。②論文學（北平：人民文學出版社，一九七八年），頁一六二。

⑪王德威，「畸人行——當代大陸小說的眾生『怪』相」（台北：中國時報人間副刊，一九八八年三月二十七日）

⑫George Bisztray, *Marxist Models of Literary Realism,* p.13。並參閱韋勒克與華倫合著，王夢鷗與許國衡合譯，文學論——文學研究方法論（台北：志文出版社，一九七六年十月），頁三六五。

⑬張鍾等編，當代中國文學概論（北平：北京大學出版社，一九八六年六月），頁七。

⑭王夢鷗，文藝美學（台北：遠行，一九七七年），頁六一。

⑮吳魯芹，「索爾・貝婁」，英美十六家（台北：時報文化，一九八一年），頁二九一。

⑯西西，閣樓「序言」（台北：洪範，一九八七年十一月），頁五。

⑰王德威，「畸人行」。

⑱關於大陸小說中畸零人物的探討，王德威在「畸人行」一文中有十分精闢詳盡的剖析。

⑲蔡源煌在「從大陸小說看『真實』的真諦」（台北：聯合報聯合副刊，一九八八年一月四日－五日）對馬纓花這位女英雄有獨特的看法。

⑳Marcus Klein, *After Alienation: American Novels in Mid-century*（Cleveland and New York: The World Publishing Company, 1965）,p. 32。

㉑參閱拙著："Isolation & Self-Estrangement: Wang Meng's Alienated World." *Issues & Studies* Vol.24 No.1（January 1988）,p. p. 140-154）

㉒Blanche H. Gelfant," The Imagery of Estrangement: Alienation in Modern American Fiction." in Frank Johnson, ed., *Alienation: Concept, Term and Meanings*（New York: Seminar Press, 1973）,p. 299。

㉓Ernest Hemingway, *A Farewell to Arms*（New York: Charles Scribner's Sons, 1948）,p. 202，此小說主人翁說：「像榮耀、名譽，勇氣或神聖這種抽象字眼都是猥褻的……」

㉔Gelfant, "The Imagery of Estrangement: Alienation in Modern American Fiction." p. 307。

〔輯二〕

面對大陸文學的態度和方法

尼洛

「我們應該用什麼態度和方法來面對『大陸文學』？」個人認為，應該用文學的態度和方法，來面對「大陸文學」。是文學的，把它歸納到文學範疇之內，不是文學的，把它排除到文學之外；是文學的，用文學的方法去解析它、評論它、接納它；不是文學的，用文學以外的方法去對待它。——這個意見，是因應中共標榜所謂「無產階級文學」、「文學為工農兵服務」、「文學為政治服務」而來的，個人想著，要把它正本清源。

中國現代文學，肇始於「五四」的「白話文運動」，而中國現代文學的發展，卻完全受到「全盤西化」的影響，尤其是文學思潮中「寫實主義」的流行。「寫實主義」中的人性、人道精神，是「無產階級文學」所否定的東西，因此，從一開始，中共就極力的要把「文學革命」，扭轉為「革命文學」。

「左聯」就是當時中共在中國現代文學領域中的「統戰」組織，從成立到解散，顯然的為「第三國際」與中共所操縱的，並使其做到從「內戰」到抗戰的不同階段的「統戰」策略運用。「三十年代作家」不完全理解這種策略和這種運用，因此，他們受難於「鳴放」、「反右」、「文革」，也是其來有自的。

抗日戰爭中期以後，中共著手培養屬於自己的「無產階級」作家，其中如姚雪垠、趙樹理、路翎、袁水拍等人。趙樹理的「李家莊變遷」，袁水拍的「馬凡陀山歌」，路翎的「飢餓的郭素娥」，是中共以文學形式「為工農兵服務」的樣板，這一些所謂的「革命文學」，卻也為中共立下了汗馬功勞。

但是，中共政權建立以後，在理念中卻只有「工具」，沒有文學了，因此而有「紅樓夢事件」、「武訓傳事件」，並且有了對「合而為一論」、「寫中間人物論」的批判，對「胡風反黨集團」、「丁玲、陳企霞反黨集團」的整肅。這一系列的鬥爭是十分慘烈的，因此，為中共立過汗馬功勞的如趙樹理、路翎等人都在鬥爭中身首異處或不知所終。

在中共只有「工具」的意念中，以文學形式再次登場的，有金敬邁的「歐陽之歌」，浩然的「金光大道」，姚雪垠的「李自成傳」，以及江青的八個「樣板戲」等等。這一些東西，說它是什麼東西都可以，只是不能把它當成文學領域中的東西。

中國現代文學，到了中共的手裡，一再扭曲得使它變形，在這一條道路上，血淚斑斑。這是「三十年代作家」在大陸上噤若寒蟬的原因，甚至是中共自己培養出來的「無產階級」作家，同樣的有著災禍的原因。

鄧小平要把「文革」打成「十年浩劫」，以符合其鬥垮華國鋒在策略上的要求，因而始有「民辦刊物」、「傷痕文學」、「暴露文學」、「將軍詩」等等現象出現。其中「傷痕文學」、「將軍詩」在文學領域中十分符合自由地區文學界的胃口，於是，我們就合起來帶著鄧小平，把「文革」打成「十年浩劫」。也使鄧小平有了藉口，把中共的一些軍頭，如許世友、韋國清、聶鳳智、李德生、陳錫聯、陳丕顯等人以「林四餘孽」、「極左」、「左王」等名目打了下去。

鄧小平得手以後，一方面在暗暗竊喜，另一方面再以「七號文件」、「九號文件」等大颳收風：「民辦刊物」全遭扼殺；「將軍詩」的詩人再遭到下放；劇作家都被迫檢討；而以「白樺事件」達到了頂峰。以後幾年以來，中共在意識型態上，或鬆或緊，除了反映著中共內部鬥爭，或左或右以外，也為了中共階段的策略運作作了解釋．其間如所謂「反精神汙染」、「反資產階級自由化」等等，就是與「雙百方針」的一再提出作交遞性的運用。大陸以外的人，也常常以現象上的觀察，或而以喜，或而以憂，像是在中共指揮棒下的情緒反映中的舞蹈，顯得十分有趣。

但是，這一切都已經過去了。從近幾年來大陸文學的表現上，使人感覺到，如果文學、藝術的創作者，在其創作的動機上是純正的，在其內心的確是忠於文學、藝術，而不是為其他事物「服務」的，就一定會在表現中得到了收穫。這種現象也證明著：文學、藝術的種籽，儘管是撒在河沙上，撒在岩石上，只要稍有適合的氣溫、雨水，都會綻發出生命。

在這裡，個人特別提到「棋王」、「綠化樹」、「最後一個漁佬兒」、「老井」、「黃土地」等小說和電影。不是說這些作品在文學、藝術上的成就，而是說他們正在掙扎著不再以文學、藝術的形式而作為「工具」了，他們創作的目的，也不再是為了文學、藝術以外的事物「服務」了。這些作品而且導引著眾多的人在這一條道路前進，以及向高峰處攀登。

問題也就在這裡：如果大陸文學作品，就其個別的表現來看，如果是屬於文學的，我們需要反對它嗎？我們反對它、在文學意義上又能夠解釋出道理來嗎？或是能夠有什麼效果嗎？當然，在大陸文學刊物上，或其他媒體上，所刊載的，不全然都是文學作品，而且絕大多數，仍是「工具」性的，仍是以「服務」為目的東西。因此，就可以歸結到個人前面的意見了：

——大陸文學，如果是文學範疇以內的作品，就該以文學的方法去解析它、評論它，以及接納它。

——如果不是文學的，只有形式，而暗藏著「工具」和「服務」的本質，就該以文學以外的方法去對待它。

這種意見，提出來是很容易的。但是，如何去鑑定：一篇東西是文學作品，或不是文學作品？該是一樁很細緻的工作。再者，這種工作由誰去做：是官方、還是民間？也該是很值得討論的。因此，這不過只是一種意見罷了，或許全錯了，或許可以作一些參考，謹以此就教於專家和先進，尤懇賜以匡正。

大陸文學的變貌

——十年來各類別文學代表作及其風格

瘂弦

由於中共當局文藝政策略作放寬，大陸文壇文風丕變，無論作品的內容、形式，作家的創作觀點，均與以前大不相同。本文謹就近十年的大陸文學發展，分幾個類別加以說明，並與過去的文學，作一比較。

第一，「傷痕文學」與「反思文學」部分：內容多半是反映「文革」肆虐時經受的痛苦，以揭露、控訴為主，多數是悲劇故事，作品比較粗糙。代表作有劉心武的「班主任」（一九七七）、從維熙的「大墻下的紅玉蘭」（一九七九）、馮驥才的「啊！」（一九七九）等。「反思文學」也以反映「文革」創傷為主，不過控告的激情減低，以內省、思辨為主。代表作有魯彥周的「天雲山傳奇」（一九七九）、茹志鵑的「剪輯錯了的故事」（一九七九）、高曉聲的「李順大造屋」（一九七九）等。一九八〇以後，有所謂「知青作品」，主要是反映「文革」時知識青年浪費十年青春「上山下鄉」、「插隊落戶」的坎坷，寫流離年輕人的迷惑、徬徨。代表作有阿城的「孩子王」（一九八四）、梁曉聲的「今夜有暴風雪」（一九八三）、史鐵生的「我的遙遠的清平灣」（一九八三）等。傷痕、反思文學可以合稱，一度為文壇的主流。

第二，「改革文學」部分：作品內容反映社會變遷面臨的各種問題，以關心社會的改革為主，是以「經濟建設」為中心的文學。文學觀念側重於「經世致用」的社會功能，作品多理勝於情，思想大於行動。優點是態度誠懇，缺點是思考欠深度，展現也欠豐腴，唯比較真實。代表作有蔣子龍的「喬廠長上任記」（一九七九）、高曉聲的「陳奐生上城」（一九八〇）、陳沖的「會計今年四十七」（一九八四）等。

第三，「尋根文學」、「鄉土文學」、「民俗文學」部分：尋根文學以反映民族、鄉村生活為主，對歷史的縱深進行探求，通常以許多篇組成一個系列，注重小說結構和語言，不避村野俚俗，作者大部分為青年作家。代表作有賈平凹的「商州」系列（一九八四）鄭萬隆的「異鄉異聞」系列（一九八四）、李杭育的「葛川江」系列（一九八三）等。至於「鄉土文學」是相對於「尋根派」的一批壯年作家，顧名思義是以描寫鄉土的作品為大宗，其精神上承五四傳統。代表作有汪曾祺的「大淖紀事」（一九八一）、劉紹棠的「蒲柳人家」（一九八〇）等。其次是「民俗文學」，這是另一種形式的尋根，作品多反映大城小鎮的生活，民俗色彩濃厚，有如一幅幅「清明上河圖」。代表作有鄧友梅的「煙壺」（一九八四）、陸文夫的「小巷」（一九八五）等。

第四，「探索文學」、「軍事文學」、「少數民族文學」、「報告文學」、「性文學」、「第五代聲音文學」、「大眾文學」部分：由此一階段開始，中國大陸已無文學的主流。原因是純文學誕生了，這些純文學作品以探索文學的本質、特徵、功能、語言、形式為主，打破傳統的觀念，注重人類總體的思考，並進行對人的內部世界的發掘。是五四運動以後中國大陸文學又一次面向世界。各種文類之中以短篇小說最為勃興。探索文學的催生因素，一方面受到西方現代派的衝擊，通過翻譯文學巨匠的名作，作家視角向世界擴展，另一方面是來自文學批評的醒覺，純藝術作品的開放與倡導。探索文學的代表作有莫言的「紅高粱」（一九八五）、韓少功的「女女女」（一九八五）、陳村的「象」（一九八七）等。至於「軍事文學」則多為反映軍旅生活之作，能突破傳統框框，注重藝術表現，代表作有喬良的「靈旗」（一九八五）、崔京生的「第Ⅵ部門」（一九八五）、張波的「鴿子・鴿子」（一九八七）等。至於「少數民族文學」，通常是表現邊疆人民的特殊生活經驗，作品相當出色。代表作有回族張承志的「三岔戈壁」（一九八五）、藏族扎西達娃的「西藏—

—隱蔽的歲月」（一九八五）、蒙族烏爾熱圖的「熊」（一九八五）等。另外是「報告文學」，它在中國大陸一直佔重要地位，雖文學性較弱，但題材好，社會領域涉獵廣泛，和「改革文學」成為反映時代民生的大圖卷。代表作有劉賓雁的「人妖之間」（一九七九）、錢鋼的「唐山大地震」（一九八七）等。還有所謂「性文學」，這是指一九八六—八七年間流行的作品，多半受弗洛伊德影響，而試圖突破性愛描寫的禁區。代表作有張賢亮的「男人的一半是女人」（一九八六）、王安憶的「荒山之戀」（一九八六）等。其次是「第五代的聲音文學」，在中國大陸，小說作家號稱五代同堂，作品多元化。一般來說，青年一代小說比較口語化，且不作興追求精緻美。代表作有劉索拉的「你別無選擇」（一九八五）、劉西鴻的「你不可改變我」（一九八五）、余華的「十八歲出門遠行」（一九八七）等。此外中國大陸新崛起一種「大眾文學」，也值得注意。由於經濟的略作開放，大陸書刊也可以像自由買賣的社會一樣，有了「生意經」，有了商品價值，於是消閑文學充滿了市場，其用心自然是取悅、娛樂讀者，也有小部份反映現實生活者。這些作品數量甚夥，五花八門，不另一一列舉。總之，八〇年後文壇已呈「五胡亂華」群雄紛起的局面，中共官方想管而管不住，只有橫加壓力。八七年春，因探索文學導致的「反資自由化」，把八〇年後興起的一千多家民間刊物停掉一半。八八年，但還有一百家期刊聯合參加報告文學的「中國潮」，曾引起很大的震撼。此時前衛文學的代表刊物有「北京文學」（主編林斤瀾）、「收穫」（主編巴金）、「上海文學」（主編巴金）等。

以上所舉，傷痕文學、反思文學，為第一階段之主流。欲知近三十多年來中國大陸人民生活的實況，可以讀傷痕、反思文學；欲知近十年來中國大陸文學發展情況，可讀「探索文學」和「尋根文學」。至於「改革文學」多不勝數，到現在還沒有終止，傷痕、反思已經退潮。我們不妨把尋根文學視為「探索文學」的一種，合而談之，也可以與七十年代台灣出現的鄉土文學作一比較。

新詩（大陸不流行「現代詩」這個名詞）方面，十年來變化也相當大。一九七六年後有「朦朧詩」，這是所謂天安門詩歌運動，它把古老詩詞體式作了最全面的展覽，是中國大陸新詩史上的第三次「詩體大解放」。代表作有北島的「回答」（一九七六）、舒婷的「會唱歌的鳶尾花」（一九八二）、顧城的「眨眼」（一九八〇）。另有所謂「新邊塞詩派」，作者都是新疆人，寫戈壁、綠洲、大山、冰川等風光，一如於西部豪放的歌唱。代表作有楊牧（不是台灣的這位）的「毡房進行曲」（一九八二）、周濤的「在一座死火山下的沉思」（一九八一）、章德益的「地球賜給我這一角荒原」（一九八二）等。綜合來說，近十年的新時期文學由新詩帶頭發難，緊接著由小說擴大戰果，而小說的成績後來居上；詩的成績反倒不大出色，和台灣的現代詩相比，遜色多了。目前的詩，邏輯性強，句段的轉折還重視連貫性。（何其芳在三十年代已說過：詩和散文的分別，是橋的問題。從此岸到彼岸，中間隔著一條河，散文有橋，詩不必有橋。）中國大陸的新詩，橋太多。

從以上的資料，我們似乎可以得到一小小的結論：中國大陸十年前的文學，可以說是以政治運動為中心的「運動文學」，主張主題掛帥，階級鬥爭；是圖解政策的宣傳品，風格千篇一律，活像一個鐵模鑄出的樣版。大部份作品，在內容上講求所謂三突出、三結合、主題先行、單一化、工農兵趣味，這種從庸俗的社會學出發的文學，表面上標榜重視群眾，沒有個人，沒有中間人物，實際上除了「假大空」、歌功頌德之外，無任何可能顯示藝術的質素，而所謂作家也者，只不過是政治理論統治下的一個工具。

試以「改革文學」來比較，十年前是工廠文學、車間文學，寫「國營合作化公社」人物，不是「勞動模範」就是「先進生產者」。十年後，作家們寫的卻是開拓者的形象，個個充滿了建設改革的熱情。場景方面，也從工廠、車間轉換到私營聯產承包責任制的專業戶、個體戶。在過去，作品中只表現社會主義的「傳統人」，不表現「現代人」，文中出現的智識份子，都是沒有地位、「夾著尾巴的人」，改革文學興起後，知識份子卻成了昂首闊步的主角。

再拿「探索文學」比較，過去（十年前）的文學處於封閉自守狀態，美其名曰是「地方、民族的自給自足」，重點在強調文學與社會的外部聯繫，重視社會現象的描寫。這種運作的模式本來就很偏限，再加上政治的干預，作品只有淪為宣傳品一途。而「探索文學」卻是開放的、探索的、世界的、全面的，在態度上絕對不排斥西方影響，在內容上則重視人的覺醒和內在世界，這種現代的傾向難免有矯枉過正之處，故也有少數的文字遊戲之作出現。

在軍事文學方面，過去作品的主題多限於幼稚的「愛國主義」與「樂觀主義」，以及對「人民英雄群像」的描寫，前方「志願軍」如何「氣吞山河」，後方的人民如何「威武無比」等。作品中對一般戰爭的場面，敵我形勢的分析、戰爭思想的解釋，驚險情節的設置，都圍繞一個中心──「革命英雄主義的宣揚」。十年後的「軍事文學」一反過去的黨八股、公式化，而重視軍人各別心理情緒的剖白，著重表現個人的精神面貌，所謂「前方有前方守戍，後方有後方謀生發展」，不渲染戰爭，淡化英雄主義的色彩，通過重視藝術手法，復原軍人的生活，強調人性的真實。

在新詩方面，過去的詩重視詩的社會功能，強調思想性及重大題材的提倡，反對形式和唯美；凡是走純詩路子的詩人都遭到理論的譴責。整個說來這個時期的作品意象陳舊，比喻僵化，語言標準化，在技巧上幾乎與外國詩藝隔絕。其主題無非是為參與「造神運動」而歌唱，「人的文化」弱化到最低的程度，所謂民族化、大眾化，只是一個空殼子。在形式上，則要求格律化或半格律化，從民歌或古典詩歌中套用一些句型，寫下工農兵容易上口的政治廟籤體。但十年來的大陸詩壇詩風驟變，詩人開始重視藝術性，通過抒寫心靈的方式，實現對人生的領悟，以多樣化的感情色調，多變化的意象語言，以及自由的詩體，靈活的比喻與象徵，溝通人性、友愛的心靈之橋，直接和世界對話，以反映更廣闊的精神天地，達到自我的復歸與重建。這種不媚俗、不畏權勢的文學，無疑已彌補了大陸三十多年的文學斷層，上承了五四的傳統。本文承小說家西西提供資料，並作觀點上的指示，謹此致謝。另玄默、蔡丹治、戴天、向明、周玉山五位友人也提供不少特別資料及寶貴意見，併此致謝。）

大陸文學在海外

何偉康

「大陸文學在海外」，有三個值得探討的層面：一是大陸文學在海外傳播的情形。除了出版和翻譯之外，應該注意到中共對這件事的態度和作法，以及關於大陸文學人，和文學事業在海外的活動。其次，應從前述的基礎上，推及西方社會和華僑社會對於大陸文學的認識、研究，和批評。它們反映了些甚麼。第三，作為另一部份中國人的我們，如何去接受海外認識的「轉介」。我們有義務、有權利來介入這種反響嗎？因而，也會關係到回應大陸文學、深化大陸文學對我們有甚麼意義？（這一部份姑置不論，在下一個討論範圍再談）。

這是一個很大的題目，受邀來擔任引言人，一方面覺得很光榮，同時又感到非常惶恐。之所以覺得光榮，是這個論題，不只是提供一個對大陸文學再認識的機會。同時，也使得大陸文學在傳播到海外以後，對海外的評鑑有一個比較貼切的重估，另外，也使海外對中國文學的了解，得到體味深刻的開導，這個工作可能觸發中國文學的新機運，導致中華民族新象的萌生勃長，竟像大風起於萍末，使得衣袂輒然的我，一方面有見機的光彩，同時又有預於時勢的榮寵。

面對這樣大的一個題目，反省自己所學、所思、所閱歷，實在承當不起這樣重的擔子。個人半生對大陸文學的關情，對故國意想的纏綿不捨，冒險蹈隙、管窺蠡測，一點、一滴，都散漫得來。

而且，個人早期的訓練，既非學院出身，也不是從事文學研究，在觀點的建立、看法的冶煉上，不免離經叛道，常常會溢出專業的文學工作者所操作的原則。事實上，對個別事件的評介容易，鳥瞰全面的狀況卻很難。以西德漢學家馬漢茂的成績來說，他對中國近代文學的了解，大概算是接觸面最廣的了。一方面，有一家德國出版社支持他翻譯當代的中國文學作品，同時又被國際漢學家所推崇，大凡對大陸文學的研討和評審，都少不了他一份。我當面問過他，他自己覺得他對大陸作品德譯選擇，是持的「哪一種客觀」。馬漢茂的回答也溢出了純粹文學的範圍，為了替出版的前途著想，他必須注意德國人的胃口，他又說：「有些東西在中文看起來很好，譯成德文以後就平淡無奇。有些東西在中文表白的時候並不特別突出，譯成德文以後，就顯出了另一種光彩。」去年夏天，北島在維爾納頌詩，就出現過這種情形。不過，馬漢茂的說法也未必全對，支持他的這家出版商現在就做不下去了。這究竟是德國人本來就不歡迎中國文學，還是中國文學的水準本來就有問題？前年諾貝爾文學獎揭曉之後，大陸文學人譁然大驚，認為「無論如何該輪到了」；應得未得，他們就有一種歸罪翻譯的說法。說是翻譯太壞，才把諾貝爾獎給弄丟了。大陸的翻譯水準是不好，毋須細究，但也有「翻譯確實比原作更糟」的說法；說得明白一點也可以這麼說：「那翻譯實在糟透了，糟得不忍卒睹，不成樣子，原作比它好多了。」但是，做翻譯的也有人覺得很冤枉，一位翻譯路過紐約，就這麼說：「翻譯的嘴裡，也吐不出象牙來。」因此，我們不得不面對另一個問題：大陸文學作品的位置，究竟在哪裡？

中共自七八年以後，就不斷的和西方主要的國家增進文學方面的連繫工作，一方面把歐美的文學作品翻譯進來，同時也大力向海外推薦他們的作家和作品。中共推薦大陸文學作品常常是心餘力絀，剛剛提到的馬漢茂就是一個例子。中共推薦作家出國訪問，就簡單容易多了。一來，凡是和中共表示友好的國家，都多多少少要做點文化交流的面子，這種面子功夫最容易做，又最難看出底細，無須乎鋪張的，就是作家訪問。所以大陸上凡為文學之士，都眼巴巴的盼望早晚輪到一回。大陸文壇有這麼一首順口溜：「一流作家到美國，二流三流上歐西，四流五流亞非拉，不成氣候去朝鮮。」去朝鮮、亞洲、非洲、拉丁美洲，以及去西歐各國的情形，我都不清楚，不敢臆斷，過去三年我住紐約，一則是因緣時會，被唐德剛他們邀請參加了紐約文藝協會，二來也不斷在美國華文報刊寫作，自自然然會有些作文的朋友，各種座談、茶會、酒會、餐會層出不窮，見過不少到美國來訪問的作家。他們哪些是一流，哪些是二流，很難分辨。因為一波過去，一波又來，人像車輪式的轉磨，暈頭脹腦，有時就覺得自己是一頭驢。一般人總以為驢子在推磨，其實，對驢而言，磨子推久了，久而久之，他覺得是磨子在推他。「磨裡不知誰是誰，低頭只讓磨子推」。有時興起，也會寫下一些錯肩而過的大陸作家的樣子，來對付一些索稿的朋友，大部份都記不起名字了。若以不分明的印象，據以概括大陸文學人的樣象，並不公平，而文學人和文學還是有相當距離，當我們意味到大陸文學人都有一種「氣味」時，這種「氣味」（並不是指身體上的氣味，而是指一種氣勢和味道）在樸素的人身上，就顯得他要勁挺出來，在老成人的身上就浮出冷峻來，浮動人的身上就標出倨傲來；他們在在都有防備、有計較、自有套數，而不吝惜人家的分寸。沒有見過一個開懷暢談、肆無顧忌，或者是獨持異端，別有懷抱的作家。在海外讀大陸的當代文學，要懂得精挑細選，也有許多不同的面貌，很可以滿足一段時期的好奇，有三年的時間來認識大陸作家的不踰閑，不道謝，一切受之無愧，居之不疑，對別人要求，和給別人的態度，他完全不必掂量的情形，既是苦事，也會驚訝。這要費很長的時間，才能在大陸文學作品當中，找出他們不近情理的原因來。他們，一群自小被要求放下傳統包袱的人，已經在那樣一種氣候當中，習慣了他們認為理所當然的簡慢，他們對細心體貼，與人為善的那種溫馨寬厚，可能被某種強勁的勢力洗刷掉了，當一種膚淺恩義，庸俗纏纏，感觀浪漫輸入大陸的時候，使得大陸讀者如醉如癡，漸拋卻了他們所供奉的文學，而在海外川流不息的大陸作家，還一直沒有準備以真面目示人。與人坦誠相見，對不同的理念、感情，敞開心胸接納。我們常常被告誡不要以「文如其人」來把作家和他的作品對照，有時候，在認識作家以後，再讀他的作品，實在是一件苦事。

在海外看台灣報刊的猛捧阿城，有點莫名其妙，尤其把阿城捧成道家、思想家，是非不必談它，這樣捧，活生生的把阿城打垮，說者朦朧，聽者怦然自詡，一想到自己是哲學家，甚麼也寫不出來了，為甚麼要這樣去搞垮一個讀鞋底書長大的人呢？當我們在想到「大陸文學在海外」這個題目時，有時悲憫之情，比理念還要重要吧。

大陸文學在臺灣

陳信元

「文革」後的大陸文學作品，大略可劃分為兩個階段被大規模引進到台灣來。第一個階段是民國六十八年五月下旬至七十二年底風行一時的「傷痕文學」作品（在台灣又稱為「抗議文學」、「覺醒文學」）；第二個階段，肇始於七十三年六月，「創世紀」詩雜誌社推出的「中國大陸朦朧詩特輯」，而在七十五年五月起，阿城的「超越政治的、超越意識型態的」（借用劉心武語）小說於「聯合文學」登場後，帶動一股大陸小說流行熱潮，至今方興未艾。

在第一個階段中，是由中國時報「人間」副刊率先推出「中國大陸的抗議文學／社會主義悲劇文學」專輯，透過海外華人作家的參與、協助，首度向國內讀者披露以「文革」為題材的「傷痕文學」；此後，「新文藝」月刊、聯合報、青年戰士報、中央日報、中華日報的副刊，也相繼刊載具有「傷痕」性質的大陸文學作品，出版社也陸續出版了多部反映「文革經驗」的選集，內容涵蓋了小說、散文、詩歌、戲劇（劇本）、報告文學等文類。（請參閱張子樟：「國內大陸『抗議文學』作品索引」，「文訊」月刊第六期，七十二年十二月）

第二階段引進大陸文學的行動中，文學性刊物扮演了主導的角色。在詩方面，「創世紀」詩雜誌六十四期推出葉維廉策劃的「中國大陸朦朧詩特輯」，以八十四頁篇幅介紹大陸二十二家的朦朧詩作，選刊大陸詩論，並收入港、台、海外的四篇論文。翌年七月，「春風」詩社也策劃了「崛起的詩群——中國大陸當代朦朧詩專輯」，以一四三頁篇幅刊登大陸朦朧詩作、詩論以及詹澈、廖莫白、鍾喬的論文。這個專輯著重在將大陸朦朧詩與台灣的現實主義文學作比較，並試圖呈現「海峽兩岸詩發展的軌跡的異同」（「策劃的話」）。七十六年三月一日，「文星」雜誌復刊七號（總一○五期）推出「大陸新探」特輯，刊登了張默、張香華對大陸朦朧詩的評論，以及「大陸現代詩選」（上）；次期繼續刊登「大陸現代詩選」（下）及周策縱的「新詩多元一元論——記和艾青談詩的懂與不懂」，話題觸及大陸朦朧詩問題。該刊總一一二期（七十六年十月一日）刊載了旅美評論家李黎的詩論「在融合中鑄造東方現代詩魂——中國大陸新詩潮與西方現代派的詩歌之間聯繫的考察」，探討東西方現代詩潮各自發展規律與彼此間的聯繫，以及中國大陸新詩潮的前景。七十五年底創刊的「兩岸」詩叢刊，在已發行的三期中，轉載了北島、舒婷訪問稿及評論朦朧詩作的多篇文章。七十六年十二月出刊的「創世紀」詩雜誌七十二期，又以巨大的篇幅刊登大陸詩人廿二家的百餘首作品，並選刊大陸詩評家李元洛的詩論「一闋動人的鄉愁變奏曲——讀洛夫『邊界望鄉』」。七十七年二月號的「聯合文學」（四○期），策劃了「兩岸文學」專輯，其中「彼岸的詩」單元，介紹大陸詩人流沙河、北島及其作品。七十七年春出刊的「笠詩刊」一四三、一四四期，「葡萄園」詩學季刊一○一期，也分別選刊了大陸詩作、詩論。但截至目前為止，尚未見大陸當前的詩選、個人詩集在台灣出版。

在小說方面，「文季」文學雙月刊自第三期（七十二年八月）起，陸續刊登大陸作家汪曾祺、張賢亮等多人的小說，並於七十三年九月結集出版「靈與肉」一書（新地出版社），收錄五家六篇所謂「反思文學」的作品，逐漸擺脫政治主題掛帥的創作模式。七十三年十一月，大型文藝雜誌「聯合文學」創刊後，開闢「大陸文壇」專欄，初期計劃對「反映大陸苦難人民傷痕的作品，作深入的整理與探討」（見創刊號「編者瑣語」）曾介紹大陸女作家諶容、張辛欣、遇羅錦等人，並探討中共軍事文學、愛情題材小說等。七十五年五月號的「聯合文學」，刊登了阿城的「棋王」及陳炳藻的「從小說的技巧探討『棋王』」；七月號刊登阿城的「樹王」及譚嘉的「豈祇是妙手偶拈得——

試析阿城的『樹王』」；九月號一口氣刊登了阿城的「孩子王」、「會餐」、「樹樁」（按：「孩子王」亦在「自立副刊」刊登，七十五年八月十四～二十八日），在國內引起極大的回響。「文星」復刊七號（總一〇五期，七十六年三月一日）的「大陸新探：阿城旋風」專輯中，刊登了阿城小傳、印象記、談話紀錄以及國內學者三篇評論，較為全面地剖析阿城小說中的思想與寫作技巧。

七十六年四月，「聯合文學」又推出「探索與反思——大陸新生代小說」專輯，介紹十四位大陸新生作家（包括鄭萬隆、韓少功、殘雪、莫言等）的近作，並邀請八位名家做評。這是國內首度大規模地選介大陸「尋根派」、「現代派」的小說。該刊也陸續推出過下列幾個專輯：「汪曾祺作品選」（三十一期）、「大陸『性禁區』文學特輯」（三十四期）、「京味小說」（三十五期）、「知青小說」（三十六期）、「兩岸文學」（四〇期）等。

「文星」、「人間」、「台北評論」這三個雜誌，也不遺餘力評介過大陸作家與作品。「文星」雜誌除上述的「大陸新探」專輯外，還策劃「大陸女作家初探」小專輯（總一一一期），由呂正惠、吳達芸分別評介張潔和諶容的作品；另有「張賢亮與『感情的歷程』」專輯（總一一二期），由葉穉英、朗敬賢、呂正惠、洪禎國四位，分別介紹張賢亮的生平、創作手法以及藝術企圖。此外，還有介紹馮驥才、王若望、劉賓雁、戴厚英、靳凡等人的文章。「人間雜誌」自二十二期（七十六年八月一日出刊）起，刊登過大陸作家韓少功、古華、汪曾祺的小說，另有陳映真速寫四位大陸作家——吳祖光、張賢亮、汪曾祺、古華的文章，李黎訪問劉心武談「一九七九年以後的大陸文學思潮」等。「台北評論」也以「高度選擇性的眼光」刊登大陸作品，已出刊的四期中，介紹了楊志軍及其長篇小說「環湖崩潰」（一、二、四期）；推出了「葉曙明專輯」，為這位廣東籍年輕作家訪問、小傳、著作年表、評介，並發表三篇小說。

在報告文學方面，報刊、雜誌甚至出版的注意焦點都較側重在「明星級」作家劉賓雁身上。一九八五年春，劉賓雁以「我的日記」、「第二種忠誠」激怒中共當局後，國內的報刊自七十四年秋到翌年春天，刊登了不少有關劉賓雁的報導。「聯合文學」第十七期（七十五年三月一日）也推出周玉山的「關於劉賓雁」，並刊登劉賓雁「惹禍」的作品「第二種忠誠」。「文星」一〇九期（七十六年七月一日)、「人間」雜誌二十八期(七十七年二月五日)、二十九期(七十七年三月五日),也分別刊登有關劉賓雁的訪問、介紹及劉賓雁對報告文學的一些看法。目前,市面上有六本與劉賓雁有關的著作。此外,「聯合文學」第二十八期策劃了報導文學「北京人」專輯,選刊張辛欣、桑曄合撰的「北京人」,並由江森、蔡源煌、龔鵬程、古蒙仁分別撰文評論。大華晚報「淡水河副刊」也選刊過「北京人」裏的作品,但有幾篇題目曾被更改。

在散文與戲劇方面,引進的作品並不多。一般讀者對「文革」後大陸的散文印象,集中在巴金的「隨想錄」系列散文,國內的報刊、雜誌尚未有系統的引介。大陸戲劇較為國內讀者熟知的,大概就祇有「WM」了(「人間」副刊、「聯合文學」都作過介紹),「聯合文學」第四十一期還登了高行健的「彼岸——無場次現代戲劇」。

在第一、二階段引進大陸文學作品的過程中,海外的華人作家,外國漢學家、愛荷華「國際寫作計劃」,都擔任了主動、積極的兩岸「交通」的角色。以第二階段為例,施叔青(客居香港)專訪大陸作家的一系列報導(已訪問過劉賓雁、汪曾祺、鄧友梅、莫言、古華、馮驥才、阿城等人),為國內讀者提供了認識大陸作家的第一手資料;由西西(香港女作家)編選的「紅高粱」、「閣樓」,展現了八十年代大陸新面貌的小說;黃德偉(香港作家)主編的「當代中國大陸作家叢刊:女作家卷」五冊(新地版),作家的小傳、著作年表、評論書目一應俱全,方便對大陸文學有興趣的讀者作進一步的研究;馬漢茂(西德漢學家)編的「掙不斷的紅絲線」,集中介紹大陸有關愛情與兩性關係的小說,擴展了國內讀者的視野;愛荷華的「國際寫作計劃」促成了海峽兩岸作家的交流,馮驥才的「阿!」(敦理版)張賢亮的「肖爾布拉克」、「土牢情話」(林白版)等書在國內的出版,都是拜愛荷華「交流」的成果。……以上這些例子祇是說明現階段對大陸文學的介紹、出版或研究,仍以來自海外的觀點為主;甚至國內出版業者透過海外中介者接洽出版大陸文學作品,也無法避免中介單位對作品作主觀的抉擇。

自七十三年至今,已有七十部大陸文學作品在台灣出版,其中最可觀的要屬新地出版社的「當代中國大陸作家叢刊」,已出版「經典文學卷」十冊、「女作家作品卷」五冊、「少數民族文學卷」

五冊；其次是香港藝術推廣中心在台灣印行的「中國大陸當代文庫」、已出版短、中篇選集、作家個集共九冊；林白出版社的「中國大陸作家文學大系」（柏楊主編）預計出版十二冊，目前已推出馮驥才、王安憶、賈平凹、劉心武的作品集共四冊。在目前出版界的「大陸熱」中，也有一些值得憂慮的現象，如作品重複出現的問題，對出版者、讀者而言，都會造成傷害。以張賢亮的「男人的一半是女人」為例，目前有「文經」、「遠景」、「躍昇」三家重複出版；阿城的大部分作品，同時可在「新地」、「海風」、「光復」三種版本裏見到；「新地」、「林白」、「敦理」、「香港藝術」等家也不免有作品重複的「尷尬」。另外，國內部分作家已對「大陸小說熱」產生警覺，深怕長久下去，大陸文學出版品將充斥市面，對台灣文學的發展產生負面的影響。由大陸文學登陸台灣後衍生的問題，還有不少，如何正確而全面地去評估大陸文學，如何將它擺在歷史的定位，還有待國內學者專家的努力。

當前海峽兩岸文學之比較

周玉山

台灣海峽兩岸不同的體制，造就了不同的文學風貌，四十年來如此，十年來尤然。

十年來，許多大陸作家有一共同筆觸，即記錄了文化大革命的苦難。果真是「文革百害，惟利一家」？作家劫後思痛，奮不顧身，寫出知識青年的酸楚，廣大同胞的悲情，這是廣義的傷痕文學，未隨當權者的指揮棒起舞，部分創作更躍昇為民族文學的精品，澎湃著無數喜怒哀樂的心靈。

對台灣的作者和讀者而言，大陸作家的生活經驗如隔世紀，如隔世界。飢餓鋪陳在青燈黃卷下的「朱元璋傳」裡，動亂縮寫於改朝換代的歷史中，戰爭炒紅了國際新聞版上的兩伊等地，淚水浸沉了推陳出新的「紅樓夢」讀者，但當我們掩卷，瞬間恢復安全，此地偶有茶杯裡的風暴，仍不失為海角一樂園。台灣沒有出現過文化大革命，誠為海角人民的一大幸運，我們的眼福，令大陸作家付出了何等代價！

先說鍾阿城。他的妙手頗難歸類，清雋孤峭如魏晉文筆，隱隱有魯迅風；心思細密如白先勇，又有一些水晶的意識流。雖然如此，他仍然是一位文學的發明家，字字句段篇篇皆為獨創，巨筆不著斧痕，淡描出豐腴來。「棋王」裡不少篇幅記載主角的餓瘦，乾縮的飯粒使其眼中有了淚花，走路時衣裳晃來晃去，褲管前後盪著，「像是沒有屁股」。眾人偶爾開葷，出了飯館就覺得日光搖眼，「竟有些肉醉」。在「頓頓飽就是福」的斯土，小說的結尾卻道：「衣食是本，自有人類，就是每日在忙這個。可囿在其中，終於還不太像人。」棋王獲得登峰造極的成就後，哭喚亡母，點明了爹親娘親，畢竟比毛澤東親，中華孝道終究不頹。相形之下，鍾阿城似比部分台灣作家更重視文化的傳承。

次說遇羅錦。她與鍾阿城的寫作技巧有別，藝術效果自然參差，但仍有其特色，即所有作品皆可用「實話文學」四字涵蓋，她追求寫真的自由。恩格斯曾經預言，進入共產主義社會後，人類將由必然的王國躍向自由的王國。必然是自由的反義，接近黑暗一詞。結果，中國大陸數十年來不但沒有變為自由的王國，霍布斯根據新約描述的黑暗王國，反而活生生出現在東亞大地上，歷史既然倒退，自由也就有罪了。相形之下，台灣地區人民——包括作家在內，享有的自由越來越豐富，令人目不暇給，甚至不及消受。「解嚴是越解越嚴」，一位經常憤怒的台灣作家如是說，這是真的嗎？

遇羅錦令人想起裴多菲的名句：「生命誠可貴，愛情價更高；若為自由故，兩者皆可拋。」裴多菲以詩人兼革命家，久被匈牙利人民奉為自由神，其作品直接率真，明朗未飾，表現出寫實的特色。遇羅錦文字的風格與結構，也和裴多菲接近，若與中國作家相較，她的信仰和徐志摩可謂不約而同，都在追尋愛、自由與美，台灣作家持此觀者亦所在多有，但如有阻力，則泰半與政治無關。台海兩岸政治對文學的影響，一強一弱，一顯一隱，差距越拉越大了。

再說劉賓雁。他復出後不改其志，仍然主張以文學為媒，行不平之鳴，強調真實之必要，並以關懷民間疾苦為己任。由於大陸文壇受到中共的壓制，使得文學反映現實生活的領域越來越少，作品粉飾太平的情況越來越多，他深為此憂，因此和魯迅一樣，矢志寫不瞞不騙的文字。這種「寫真實論」，在毛澤東的生前與死後，皆遭中共批判。

大陸缺乏民主法治，特權造成悲劇，根源在擴大了階級鬥爭，以致損害了人民的幸福，加深了猜忌和仇恨。劉賓雁慨然指出，以無產階級的名義殘害無產階級，以人民的名義殘害人民，以革命的名義推行反革命陰謀，此類事例層出不窮。的確，早在延安時期，王實味就以「野百合花」暴露了個中醜惡，蕭軍也發表「論同志的愛與耐」，指出接觸越多，越感覺同志愛的稀薄，甚至「同志的子彈打進同志的胸膛」！三十多年後，白樺在「苦戀」中也道出一樣的心聲：「既然是同志、戰友、同胞，何必要給我設下圈套？」上述種種，中共領袖要如何自圓呢？

共產黨以無產階級的先鋒隊自命，結果無產階級在其統治下亦不能倖免於難，魏京生即為一例。劉賓雁不禁質問：成群的工人，包括優秀的工人，遭到人身侮辱和摧殘，這種情況延續至今，得不到公正處理，究竟是為了什麼？一個階級鬥爭的理論，在本無階級敵人的地方，為什麼能以許多人的尊嚴和健康為代價，長期通行無阻？按階級鬥爭本為馬列主義的核心，毛澤東曾經高呼「千萬不要忘記」，劉賓雁卻反其道而行，鼓吹此種熄滅論，為迄今仍堅持毛澤東思想的中共當權派所忌恨。台灣在政治與生活上既無階級鬥爭，描述此類題材的作品也就沒有了。

就文學的流派而言，大陸過去由於採行鎖國政策，所以在引進西洋文學新知方面落後於台灣。部分三十年代即享盛名的老作家，由於政治的壓力而擱筆，遂坐看海峽兩岸的後浪推進了。文學是哲學的藝術化，因此值得重視藝術方法與寫作技巧，老作家巴金則表示，他不喜歡白先勇的「為技巧而技巧」。筆者以為，白先勇的技巧如果太多，巴金就略嫌不足了。今後大陸與台灣文學如能相激相盪，互補互助，當為中國現代文學的正路，我們樂見其成，並勉力以行。

〔附錄一〕

中國大陸的朦朧詩

江振昌

一、前言

中國素來是以「詩國」著稱。詩之享譽始自「詩經」，而後更有屈賦、唐詩、宋詞、元曲飲譽於世。詞又稱「詩餘」，曲是配樂的詩歌。「詩詞歌賦」早已成為中國文學的代名詞，所以「詩」是中國正宗的文學體裁。「題詞」、「對詩」、「對歌」也早成為中國從宮庭至民間的傳統的文藝活動。在中國「詩詞歌賦」的基礎上，隨著西方新詩的傳入，中國詩歌得到很大的拓展，除部分保留格律詩和民歌外，大量的流行詩歌開始走向西化，或在民歌和長短句基礎上發展成為「自由詩」，衝破了種種舊格律的束縛，形成了新詩的各個流派。在民國八年「五四」之後的二十多年中，新詩發展到了高潮，許多新詩都從各個角度反映社會的現實。

中共竊據大陸初期，許多詩人尚可利用中共給予的適度自由民主空氣，發表不少輕鬆活潑的民歌和幽默的新詩創作，當時如賀敬之、郭小州、嚴辰、聞捷、蔡其矯、流沙河、公劉等，都是著名的詩人。但到一九五六年後，中共掀起「反胡風」與「反右派」的運動後，許多敢於吐真言的詩人都遭殃了，連帶新詩也遭到批判。

一九五八年「大躍進」時代，只剩下歌功頌德的詩歌最為吃香，當時還出版一本特厚的「紅旗歌謠」。再到文化大革命期間，許多報紙、雜誌遭到停刊，連中央級唯一的「詩刊」也停了，省級的唯一詩刊「星星」，因刊出流沙河的「草木篇」也夭折了。當時大陸上最吃香的詩人只有一個毛澤東、一個張永枚，至此大陸詩壇真是「萬馬齊瘖」，現代詩也被窒息了。直到一九七六年「四五」運動後，詩才在萬籟俱寂中以時代號角的姿態最早醒來，而且「揚眉劍出鞘」，非但討伐了「四人幫」，也為文藝的復興戰打了先鋒。

一九七八年十二月中共加強製造對外開放的形象，大陸詩人乃利用時機發表一些不同風格的創作，特別是在傷痕文學、暴露文學及地下刊物的激盪下，許多年輕詩人相繼問世，例如舒婷、北島、顧城、江河、芒克等，他們不像「老一代」詩人的保守拘謹，而敢於衝破思想的禁區和政治的藩籬。他們以充滿感情的詩句，將他們在「文革」中受欺騙、被下放的沮喪、壓抑心情，透過詩的意象不斷地傳達出來，在民刊的發行和貼示中，廣獲人們的認同與迴響。

一九七九年十二月中共封閉民主牆，逮捕人權鬥士魏京生等，意謂著要結束一年來的「民主假期」。一群甫崛起的現代詩人知道，他們揭露黑暗的詩句絕對通不過馬列主義文藝教條的框框。他們只好以一種曖昧的手法、朦朧的語句，藉歌咏山水、文物、愛情來隱喻出對時代的看法或感受；他們利用譏諷的詩句，發洩對現實社會制度的不滿，從而形成另一種新詩創作的方向和技巧，人們稱之為「朦朧詩」。這個以象徵、意象手法寫出的抒情詩，在大陸上雖然不是首次產生，但卻是披著歷史的新裝出現的，它給大陸詩壇帶來了一些新意，也不斷遭受許多非議，並引起大陸詩壇上的一場大論戰。

二、代表人物與作品

從一九七〇年代末到一九八〇年代初，在廣闊的中國大地，在人們不經意的角落，有一些淚浸、血染的種子，悄悄地生根、綻芽、吐綠，並且不經意地舒展出令人陌生的、奇異的枝幹。這一枝枝異樣的藝術小樹，閃爍著動人的光芒，使某些人感到惶恐不安，甚至憤怒；也使另外一些人感到欣悅、激賞和敬佩。這就是一批具突破性的文藝新人和嶄新作品的湧現。

㈠北　島

朦朧詩在大陸的出現，可以「北京詩人」北島在一九七九年三月發表於「詩刊」的「回答」為標誌。北島的詩作以冷雋著稱，他擅於對社會生活作高度的概括，充滿了哲理性。一九七六年「四五」天安門事件時，面對「四人幫」鎮壓群眾的卑鄙行徑，他寫下了「回答」，開頭一段寫道：

卑鄙是卑鄙者的通行證，
高尚是高尚者的墓誌銘。
看吧，在鍍金的天空中，
飄滿了死者彎曲的倒影。

他問道：「冰川紀已過去了，／為什麼到處都是冰凌？」他疾呼：「我不相信天是藍的；／我不相信雷的回聲；／我不相信夢是假的；／我不相信死無報應。」①這首詩，既深沈又激烈，代表著年輕一代的思索與信念。

北島，原名趙振開，一九四九年出生在北平，從小接受良好教育，文化大革命中斷他正規學習的生涯，他曾積極加入紅衛兵，隨後對這個運動失去了熱情，一九七二年開始寫小說，七六年參加天安門抗暴運動，七八年十二月與詩友芒克等創辦純文學雙月刊「今天」，北島任主編，為北京之春民主運動作出貢獻。一九八〇年五月他受聘於「新觀察」雜誌社，翌年中共發起「反資本主義自由化」運動，某領導人說：「像他這樣的人，怎麼還能在我們的國家機關中工作？」於是，他被調到一個發行量少得可憐的世界語刊物「中國報導」擔任編輯。②

北島的詩幾乎都採用自由體，他的作品中最突出的是他早期的嘗試——組詩（一組相同主題的短詩，冠以一個總標題），例如「冷酷的希望」、「島」、「太陽城札記」和「陌生的海灘」。雖然組詩的想法並不新鮮，但北島的組詩中有時出現的俳句般的詩行，卻與長期以來充斥文學刊物的冗長繁複的詩句形成鮮明對比。北島近期的詩作可以分為兩類：若干節組成的中長詩和十至十六行的短詩。

在朦朧詩人當中，北島尤以他驚人地運用象徵手法而聞名。他那首反映七十年代許多青年苦悶、幻滅的情緒的一字詩「生活」——「網」，曾被顯赫的前輩詩人艾青等人猛烈攻擊。他的部分詩作常採用一連串聯繫鬆散的象徵圍繞一個主題出現，如「一切」、「日子」和「一束」。③在某些詩裡，則以整體作為一個象徵，如「迷途」一詩就是描述人們探索未來的過程：

沿著鴿子的哨聲／我尋找著你／高高的森林擋住了天空／小路上／一顆迷途的蒲公英／把我引導向藍灰色的湖泊／在微微搖晃的倒影中／我找到了你／那深不可測的眼睛。

鴿哨動聽的呼喚吸引詩人去追尋；森林擋住了光亮，遮蔽了追尋的對象；卑微的花朵為他指引了路徑，湖水是他追尋的最終目標；「你」和「眼睛」則是理想的化身。如果讀者對這些概念十分熟悉，全詩的意思也就迎刃而解了。④

假若說，大陸詩壇近年曾有詩歌革命，那麼，北島就是它的旗手。北島被中共保守派詩人稱為寫朦朧詩的鬆散的詩人群的領袖，原因是由他主編的民刊「今天」造就了不少詩壇新人，如江河、顧城、楊煉等，都是在「今天」發表詩作、嶄露頭角的，他們合組了「今天詩派」又叫「北京詩派」，在開拓新詩的領域上，有著巨大的指示性和發展潛力。

㈡顧　城

朦朧詩最初至爾後之引起人們的爭論，其肇始者是在北平當木工的顧城所寫的詩。顧城，一九五七年生，是五〇、六〇年代大陸著名「部隊詩人」顧工的兒子。顧城自小在他父親的薰陶下，對詩有著強烈的愛好。一九六六年至六八年，「文革」武鬥席捲大陸，口號、標語氾濫，血淚成河，而年少的詩人開始對這一異常現象追索根源：⑤

煙囪猶如平地聳起來的巨人／望著佈滿燈火的大地／不斷地吸著煙卷／思索著一種誰也不知道的事情。

（煙囪）

顧城所寫的詩都是從聯想的基點上出發，而他所使用的各種暗示與隱喻的創新手法，卻只能是親身體驗抄家、批鬥、遊街、流放等過程的人才能夠體會。⑥例如他描寫全家下放到農村生活時的一首小詩，就道盡了下放者生活的困苦和對農村幹部的討好：

我們小小的茅屋／成了月宮的鄰居／去喝一杯桂花茶吧／順便問問戶口問題。

在所有的文藝形式中，詩最需要廣闊的空間任憑詩人的心靈自由飛翔。好詩，自然必須有強烈的個性色彩，詩人的自我必須得到最盡情的發洩。然而中共自政權成立來，執行的是束縛文藝家心靈的翅膀的政策；而所有發抒自我、個性色彩濃厚的詩作，一再受到批判。因此，顧城說的好：「中國過去的文藝，一直在宣傳一種非我的『我』，使『我』成為一粒沙子，一種舖路石子，一個齒輪，一個螺絲釘。總之，不是一個人，不是一個會思考、懷疑、有七情六慾的人，而是『機械人』。」⑦

顧城不願把自我變成政治家的傳聲筒，而要活生生的表現自我，但這些發抒自我與外界接觸感受時的詩句，卻被中共視為「離經叛道」。以下是他幾首廣受爭議的詩作：

㈠發表在一九八〇年第三期「星星」詩刊的「一代人」，概括經歷「文革」教訓後大陸青年一代的精神面貌：

黑夜給了我黑色的眼睛／我卻用它尋找光明⑧

㈡發表在一九八〇年十月號「詩刊」上的小詩「遠和近」，則是描述在大陸社會上人與人間的疏離：

你／一會看我／一會看雲／我覺得／你看我時很遠／你看雲時很近

㈢顧城所有詩作中最受爭議和筆伐的作品是「結束」：

一瞬間——／崩坍停止了／江邊高壘著巨人的頭顱／戴孝的帆船／緩緩走過／展開了暗黃的屍布

這首詩是顧城在嘉陵江邊看到白色的帆船、暗黃的江水和高壘的巨石時，有所感觸而寫下的詩。其中「展開了暗黃的屍布」一段，被中共御用詩人指責為「怎能把長江比作『屍布』，這是恥辱。」⑨

㈢舒　婷

和北島、顧城比較起來，舒婷顯著要幸運多了。她得過全「國」新詩獎，中共官方給她單獨出版過詩集。舒婷，一九五二年生，父母在「反右派運動」中被迫遣送到山區進行勞改。「文革」時期她因借書證上填寫的都是外國小說，而被視為「小資產階級情調」，遭到批判。一九六九年下放到農村落戶，目睹當地的貧窮落後，也看到知青為招工回城而出現的勾心鬥角，她決心要寫下詩句，「為被犧牲的整整一代人作證」。⑩

舒婷是朦朧派的代表之一，但她的詩作「祖國啊，我親愛的祖國」，卻獲得「一九七九—八〇全國中、青年詩人優秀新詩獎」。這首詩在發表之前，曾寄給南方一家有全「國」影響性的雜誌，但退稿上批評這首詩「晦澀、難懂，不是一個女工健康的感情。」一九八〇年十月在北平體育館一次大型詩歌朗誦會上，著名電影藝術家孫道臨引吭高誦她的詩句：

> 我是你河邊破舊的老水車／數百年紡著疲憊的歌／我是你額上熏黑的礦燈／照你在歷史的隧洞裡蝸行摸索／我是乾癟的稻穗／是失修的路基／是淤灘上的駁船把纖繩深深／勒進你的肩膊／——祖國呵！⑪

類似的題材很多人寫過，但能夠如實地反映中國大陸的面貌，並融匯了作者的深厚感情，舒婷這首詩卻是罕見的。她為大陸的貧困、落後而感到痛苦，正如她對著乾癟、孱弱的母親，她沒有一點鄙視，而是滿含著熱淚訴說著上述的詩句。

有人說，舒婷的詩只能奏出如豎琴般的柔婉，其實她也有急管繁弦的鏗鏘。她的許多詩作都充滿正義感，強調人的價值與尊嚴，以及對罪惡的痛恨與譴責。一九八〇年大陸上發生鑽井船翻沈事件，有七十二名作業人員遇難，舒婷以萬分憤慨的心情，寫出了「暴風雨過去之後」的詩篇：

> 誰說生命是一片樹葉／凋謝了，樹林依然充滿了生機／誰說生命是一朵浪花／消失了，大海照樣奔流不息／誰說英雄已被追認／死亡可以被忘記／誰說人類現代化的未來／必須以生命做這樣血淋淋的祭禮

在此，舒婷對中共那些把生命當作「一片樹葉」、「一朵浪花」的當權者，提出嚴重的抗議；她同時自心靈的深處發出吶喊：

> 我希望，汽笛召喚我時／媽媽不必為我牽掛憂慮／我希望，受到的待遇／不要使孩子的心靈畸形／我希望，我活著並且帶動／為了別人也為了自己／我希望，若是我死了／再不會有人的良心為之顫慄

舒婷的詩明顯地帶著抑鬱的情調，這與她本身有太多不幸的經歷有關。經過歷練的她，比別人想得多、想得深，她在「秋夜送友」這首詩已作了很好的註腳：「因為我們對生活想得太多／我們的心啊／我們的心才時時這麼沈重」。事實上，沈重的心正是歷經「文革」浩劫大陸年輕一代的共同特徵。⑫

總結上述朦朧派詩人的探索和創新，雖不為某些詩壇霸主所接受，但他們卻贏得了眾多讀者。近年來，在很多流行詩人的詩集在書店裡滯銷的時候，舒婷的詩集「雙桅船」和「舒婷、顧城詩選」卻極難買到，就是明證。

三、朦朧詩大論戰

一般來說，抒情詩是詩人的個人感受，他人是不一定能夠完全體會和理解的，故而朦朧詩被指為晦澀、古怪，也是因人而異的。顧城指出，年輕一代人的新詩，「從根本上說不是朦朧，而是一種審美意識的甦醒，這類新詩的主要特徵就是真實。」這種只注重自己的真實感情，而不去唱讚美歌的詩作，卻被指責為虛無主義和西方文學色彩，並引起一場朦朧詩的論戰。

關於朦朧詩的爭論，可說是「北京之春」民主運動在文學界的迴響。自一九七九年底開始，大陸文學刊物花費兩年的時間，佔去數百頁的篇幅，討論朦朧詩的實質和它的存在價值。在這一場熱烈的討論中，攻擊和維護的文章出現在「詩刊」、「星星詩刊」、「詩探索」，及「文匯報」、「文藝報」、「上海文學」等，使得朦朧詩這一個名號便不脛而走，幾近家喻戶曉，並且幾乎導致大陸詩壇的分裂。

從表面看來，朦朧之爭是在於詩句之明朗與晦澀的爭論，然骨子裡卻是一場思想上「代溝」之爭。寫朦朧詩的幾乎是年輕的一代，而反對者均是三、四十年代已成名的詩人。艾青提起這些曾被他輔導過的青年時就罵道：「不客氣地說，這是一些詩壇的『打砸搶』派。」⑬而臧克家說得更為露骨，他說：「現在有些年輕人太狂妄，否定一切，老子天下第一，我認為對青年要大膽培養，嚴格要求，否則不能進步。」⑭但是一些青年朦朧派詩人卻說：「我不是黨員，為什麼『要站在黨的立場』呢，同情人民已夠了。」

綜合大陸詩壇針對朦朧詩的論戰，得知雙方爭論不休的觀點有以下兩點：

第一、朦朧詩的「懂」與「不懂」問題

一九八〇年一月，著名的右派詩人公劉在「文藝報」上發表一篇詩論指出，「現今人們議論紛紛，為父母的都不太了解自己的孩子。是的，我們和青年之間出現了距離。坦白地說，我對他們詩作中的思想感情及表達的方式，也不勝駭異。但是，無論如何我們必須努力去理解他們，這是一個新的課題。」公劉對朦朧詩的認可，正是這場論戰的導火線。

老詩人艾青首先發難，對一些詩人故作艱深而其實空泛的創作傾向提出了批評。他說：「詩必須讓人看懂，如果盡是弄些玄虛的字眼，誰也看不懂，只有他一人懂，這樣的詩就不應該提倡。」隨後，周良沛和張炯在「文藝報」發表文章也指責所謂朦朧詩，不過是在言語的含混和意象的恍惚耍花樣罷了。⑮

但是，所謂「懂與不懂」並沒有一明顯的界限，很多層次上是屬於主觀認定的。顧城就說過，解釋自己的詩，似乎是不需要的，因為詩並不是考古。舒婷認為，人與人是能夠互相理解的，因為通往心靈的道路總可以找到。青年詩人江河說：「總有人喋喋不休地談論著詩應該是什麼樣子。詩人從來就願意做些似乎是不應該做的事。」⑯

此外，中年詩人對朦朧詩「難懂」的說法也提出辯解。一九八〇年四月，「當代詩歌討論會」在南寧召開，著名詩人沙鷗說：「顧城的詩比起方晴、郭欣的詩，是隱晦一點，比較難讀一點。可是，要容許他有這種寫法啊！」⑰魯揚說，這類詩的意境，確有那麼幾分朦朧，唯其朦朧，也就越能引起讀者的咀嚼興味。燕白也在「星星」詩刊上撰文說，讀者不必硬要從中找出思想內容和政治意義來，只要能給人一種藝術上的美感，也就達到目的。

第二、朦朧詩的「社會效果」問題

批判朦朧詩的老詩人臧克家說：「朦朧詩是幾年來中國現實主義詩歌傳統的一股逆流」，「是敗壞新詩名譽，使廣大讀者深惡痛絕的一種流派。」⑱他認為「無論詩或文藝作品，一定要有時代精神，也就是要站在黨的立場；要愛黨、愛國、愛社會主義，鼓舞人民團結一致。」阮章競說，朦朧詩雖有一定的技巧，但卻解決不了任何問題。部隊詩人李瑛提出詩應該代表人民的意志，表現人民的願望。換言之，老詩人咸認為，寫新詩必須注意「時代使命感」和「社會效果論」。

但青年詩人卻希望在詩中恢復自我，他們為了表現自我生命被異化的抗爭，無論從內容到形式，都擺脫過去數十年來共黨文藝公式化的老路，而進行新的探索。江河感慨地說，詩要講真話，那是做人的起碼準則。太白話，華麗的修辭，不是詩。高伐林也確信，詩歌必須反映當代的思想感情，而經過文化革命這場大災難，人們的腸胃比頭腦更深切體會到人們首先需要什麼。總之，正如同詩人燕白所說，長期以來，中共把藝術作為政治的「附庸」或「傳聲筒」，喊得越響亮、越直接、越明顯，便被說得越有思想意義。然至現在，詩人反對這樣作，於是便出現了與此相反的另一類型的詩。

由上可知，對朦朧詩所提出來的難懂問題，並非「表達策略」上的問題，而是「閱讀與詮釋習慣」上的問題，因為在大陸上長久以來，詩人被要求呈現現實，尤其是工、農、兵的生命情況，但不是呈現「本來如何」，而是「應該如何」，亦即按照共產黨心目中的理想社會主義社會而寫，在那個（事實上仍未達成的）理想社會裡，沒有黑暗、恐懼、徬徨、痛苦。換言之，社會主義現實主義要求詩人寫的，不是眼前現實的實質，而是塑造那「猶待發生的黃金國度」。

四、革新派評論家的「崛起」

雖然中共文壇的一些霸主對以朦朧詩惹起爭論的「北京詩派」不斷加以排擠和打擊，但也有不少中、老年一輩的作家、詩人和評論家站出來為他們辯護和打氣。因此，儘管爭吵了多年，中共文壇還是無法給朦朧詩「定罪」。不過年輕詩人本身，由於缺乏正規的訓練和社會的局限，無法形成整體的詩歌理論，他們大多是依靠詩來作宣言，因此聲音自然是微弱的。經過一段寡不擊眾的沈悶之後，作為新崛起青年現代派詩人之一的徐敬亞，完成了他在吉林大學中文系四年正規的文學訓練，面對大陸現代詩派的困境，義無反顧地寫下「崛起的詩群」[19]，公開揭起現代詩派的旗幟，這是一篇一九四九年以後中國大陸詩歌史上劃時代的文獻。

一九八〇年以來，大陸在詩歌理論方面出現三篇「崛起」，一篇比一篇內容充實、深刻，具有雄辯的力量。革新派評論家謝冕所寫「在新的崛起面前」發表於一九八〇年五月七日的「光明日報」上，在詩歌理論上給予青年詩人有力的支持。他認為，新詩面臨挑戰是不可否認的事實，而一批不拘一格的新詩人的崛起，大膽吸收西方現代詩歌的某些表現方式，不能一概斥之為背離傳統；如果把朦朧詩視為異端、判為毒草而要斬盡殺絕，將會造成詩歌的凋落。⑳

一九八一年六月，孫紹振在「詩刊」上發表「新的美學原則在崛起」一文，進一步闡述謝冕的詩論。他認為，朦朧詩的出現與其如謝冕所說是「新人的崛起」，不如說是一種「新的美學原則在崛起」要來得更恰當。新的美學原則具體表現在：不屑於作時代精神的號筒，也不屑於表現自我情感世界以外的豐功偉績，他們甚至迴避去寫那些人們習慣了的人物的經歷、英勇的鬥爭和忘我的勞動的情景。換言之，他們不是直接去讚美生活，而是追求生活溶解在心靈中的秘密。㉑

現代派詩人兼理論家的徐敬亞在「崛起的詩群——評我國新詩的現代傾向」一文中認為，現代詩的出現是起於對中共社會黑暗昨天的政治性和社會性的否定而產生的，先有這一否定，爾後才有文藝方面的否定。徐敬亞指出，文革十年中，人們失去了正常的思維，人性異化達到了人類前所未有的程度。人們不知道為什麼要狠鬥自己的靈魂，或是為了「最美好的理想」而壓抑自我。這樣重大的社會動亂，這樣眾多的心靈扭曲，不能不形成強大的心靈衝擊力量，這就是中國詩壇足以產生全新詩歌最剛健的內在因素。㉒作者還認為，當前「崛起」的「幾乎全部青年詩」的整體內容上的特徵，是他們對過去生活的回答只有四個字：我不相信！這與西方現代詩歌中對社會的疏離和失落的危機意識，有著異曲同工之處。

「崛起的詩群」以輕蔑的口氣全盤否定了四十年代以來的所謂新詩寫實主義傳統，這種否定不但指內容，而且也指形式，如毛澤東說新詩應該是「古典加民歌」，這個「最高指示」迄今仍為大多數詩人奉為圭臬，而徐敬亞卻給予毫不客氣的嘲笑。他問道：「三十年來，我們究竟在形式上有多大的突破和創新？偌大國度、偌大詩壇，產生了多少有獨創性藝術主張和實踐的詩人、流派？……從五十年代牧歌式歡唱到六十年代與理性宣言相似的狂熱抒情詩，以至於到文革十年中宗教式的禱詞，詩歌貨真價實地走上一條越來越窄的道路。㉓」這種說詞，簡直是指著鼻子罵中共，認為三十年來由毛澤東所制定的文藝政策完全錯誤。

當「崛起的詩群」像一顆威力強大的炸彈，投進了保守因循、死氣沈沈的中共詩壇後，即刻引起一場驚愕與恐慌。[24]一九八三年一月十日，「當代文藝思潮」編輯部在北平召開座談會，針對如何對待民族文化傳統？文藝的創新要不要堅持社會主義的方向？中國文藝向何處去？等等問題展開激烈討論。會中批評「崛起的詩群」否定中國民族文化傳統、否定革命文學傳統和否定現實主義傳統，並且對於西方資產階級個性解放、人文主義、存在主義表現出一種盲目的迷信和崇拜。

於是，當一九八三年九月，中共發起清除「精神汙染」運動時，詩壇保守派也藉機反撲，一些「文藝官」聲言要對朦朧詩人和評論家「進行必要的反擊和適當的鬥爭。」[25]一九八四年三月五日，徐敬亞被迫在「人民日報」發表自我批判的文章，正顯示中共仍一貫堅持毛澤東「在延安文藝座談會上講話」，仍然以強權鎮壓公理的獨特手法，靠這個統治「法寶」，能使文藝真正繁榮起來嗎？

五、結論

朦朧詩在大陸文壇上的崛起有其歷史的因素，文化大革命是原因之一，毛澤東思想的桎梏是原因之二，馬列文藝理論的局限性是原因之三，西方外來思潮的影響以及「五四」以來中國傳統新詩的衝擊是原因之四。在這幾項因素錯綜影響下，大陸年輕一代因不滿老一代詩人直接淺白的表現方式，而採用一種意象的手法，來發抒他們對現狀的不滿心理。其實，臺灣現代詩人早在三十多年前就使用過此一手法，目前大陸才開始流行，足見大陸年輕人是多麼渴望創作的自由。而那時大陸三大詩人——艾青、臧克家、田間——之所以反對朦朧詩，「政治因素」雖然是主要的原因，但也許私底下這些老一輩詩人怕的是「江山代有才人出，各領風騷數百年」，惟恐這種文學上的新陳代謝會對他們造成無法估計的威脅，故而他們要「為公為私」的詆譭朦朧詩是詩壇的一股逆流。

其實，就大陸上朦朧詩的發展而言，目前仍處於短暫滯留的地位，這種現代化傾向的詩作尚有很多不完備之處，甚至連顧城、舒婷、徐敬亞的創作都有待進一步充實完善。再者，朦朧詩的表現手法仍不夠複雜多變，詩中形象的選擇仍過於狹窄，新秀的創作數量亦嫌太少等。而造成上述的原因，與中共社會、政治的局限性有關。今後朦朧詩若要和勢力強大、根深柢固的過去的詩「分庭抗禮」，則必須正視本身的弱點，找出原因並加以克服。

目前，朦朧詩在大陸上儘管仍處於被壓迫的地位，但它隱然形成一股不可抗拒的洪流，確是不能忽視的事實。正如徐敬亞所說，「什麼也阻擋不了他們，追求已成註定，開端已經降臨，他們將卓有成效地前進，彷彿帶著使命。」或者如顧城所言，「他們（朦朧詩人）的努力是不會徒勞無益的」。在朦朧詩人披荊斬棘的勇於探索和敢於創新下，他們的路子將越走越寬，使得現代主義傾向的詩歌變成為一支多姿多彩的洪流，奔馳於中國大陸的詩壇上。這一天將會到來，而且，我們相信，這一天很快就會到來。

原載「文訊月刊」第二十二期（七十四年六月）

註釋：

①璧華、楊零編，「崛起的詩群：中國當代朦朧詩與詩論選集」（香港，當代文學研究社，一九八四年），頁二八。

②呂詩，「北島、顧城和『北京詩派』」（香港，爭鳴月刊，一九八四年五月），頁二三。

③北島的詩作「一切」：「一切都是命運／一切都是煙雲／一切都是沒有結局的開始／一切都是稍縱即逝的追尋／一切歡樂都沒有微笑／一切苦難都沒有淚痕／一切語言都是重覆／一切交往都是初逢／一切愛情都在心裡／一切往事都在夢中／一切希望都帶著注釋／一切信仰都帶著呻吟／一切爆發都有片刻的寧靜／一切死亡都有冗長的回聲」。

④杜博妮，「朦朧詩旗手——北島和他的現代詩」，（香港，九十年代月刊，一九八四年五月），頁九七。

⑤璧華，「用黑色的眼睛尋找光明」，（香港，七十年代月刊，一九八二年十二月），頁八三。

⑥公劉，「從顧城同志的幾首詩談起」，（北平，文藝報，一九八〇年第一期），頁三八——四一。

⑦引自顧城，「請聽聽我們的聲音——青年詩人筆談」，（北平，詩探索，一九八〇年第一期）。

⑧黑夜象徵著黑暗邪惡的勢力，「黑色的眼睛」，實際是指黑眼珠。黑眼珠本與黑夜無關，是與生俱來的，但詩人說是「黑夜」所給予，可見黑夜的漫長。黑夜予人黑眼睛，是要人習慣於黑夜，不作非份之想，但是出人意料地是人卻用來尋找光明。顧城在此引喻毛某（中共）利用青年人的衝動去造政敵的反，結果青年覺醒後，反過來造他們的反，尋求民主和自由。

⑨高洪波整理，「在京部分詩人談當前詩歌創作」，（文藝報，一九八一年第十六期），頁二〇。

⑩蘇立文，「惹人矚目的三位女作家」，（七十年代月刊，一九八三年二月），頁一〇二。及：彥火，「中國詩壇的新星——舒婷的創作評介」（香港，中報月刊，一九八二年八月），頁五七——五八。

⑪同註①，頁一五。原載一九七九年十一月「詩刊」。

⑫朦朧派詩人中較著名的代表作尚有：

㈠江河的「遺囑」：「我記下了所有的恥辱和不屈／不是屍骨，不是勛章似的磨圓的石頭／是戰士留下的武器，是鹽／即使在夜裡也閃著光」「星星在我的身邊閃爍／像無數隻期待與憤怒的眼睛／像我的遺囑上字迹的聲音／在我並不清澈的河流中／我走著／帶走了一層層泥沙」。（轉載自「大陸地下刊物彙編」，第八輯，臺北，中共研究雜誌社，民國七十一年，頁一九二—一九三。）

㈡梁小斌的「中國，我的鑰匙丟了」：「天，又開始下雨／我的鑰匙啊／你躺在那裡／我想風雨腐蝕了你／你已經銹迹斑斑了／不，我不那樣認為／我要頑強地尋找／希望把你重新找到」「我在這廣大的田野上行走／我沿著心靈的足迹找尋／那一切丟失了的／我都在認真思考」。（引自蘇立文「大陸詩壇的一場大混戰」，七十年代月刊，一九八一年十一月，頁四〇。）

⑬原甸，「艾青論朦朧詩」，（香港，新晚報，一九八三年一月二日）。及：「艾青談詩歌創作」，（香港，明報，一九八二年三月三日。）

⑭同註⑨，頁二一。

⑮周良沛，「說『朦朧』」，（文藝報，一九八一年第二期），頁一〇。

⑯同註⑩，頁四一—四三。

⑰同註⑨。又，李陀，「打破傳統手法」，（文藝報，一九八〇年第九期），頁五一。

⑱張秋池，「『朦朧詩』與政治」，（爭鳴月刊，一九八一年十一月），頁一九。

⑲發表於蘭州「當代文藝思潮」，一九八三年第一期。懷冰，「投進中共詩壇的一枚炸彈」，（爭鳴月刊，一九八三年五月），頁五六。璧華，「離經叛道的現代詩論」，（七十年代月刊，一九八三年六月），頁一〇四。

⑳同註①，頁八三—八五。

㉑事實上，新舊美學原則的差異就在於對人的價值標準上的分歧。在年輕的探索者筆下，人的價值標準發生了巨大的變化，它不完全取決於社會政治標準，而是訴諸於「自我表現」。

㉒懷冰，「投進中共詩壇的一枚炸彈」，（爭鳴月刊，一九八三年五月），頁五七。

㉓同前註。

㉔針對徐敬亞的文章，中共發動一連串的批判文章：

㈠楊匡漢的「評一種現代詩」，載一九八三年第三期「文藝報」；㈡戚方的「現代主義和天安門詩歌運動——對『崛起的詩群』質疑」，載一九八三年第五期「詩刊」；㈢程代熙的「給徐敬亞的公開信」，載一九八三年第十一期「詩刊」；㈣鄭伯農的「在崛起的聲浪面前」，載一九八三年第六期「當代文藝思潮」；㈤杜書瀛的「談『朦朧』」，載一九八三年第六期「文學評論」。

㉕劉紹銘，「朦朧休走」，九十年代月刊，一九八四年六月，頁九九—一〇〇。

中國大陸的科幻小說

江振昌

中國大陸科幻小說的發展路程是多災多難的，「文革」十年是一片空白，「文革」以後科幻小說作家假借鬼神形象來諷刺中共統治下的社會現實，中共以清除文藝界的「精神汙染」為藉口，對科幻小說展開強烈的批判。

科幻小說，一般定義為「以科學為基礎，探索未來或未知情景的小說」，其中「科學」一詞包括了自然科學、社會科學或人文科學；「未來」或「未知」則包括了時間與空間的任何形態。換句話說，科幻小說乃是根據科學理論加以虛構的作品，但它卻包羅了文學性、科學性、哲學性和幻想性等特色。

大陸著名科幻小說作家葉永烈認為，科學幻想小說，是一種瞻望科學未來的小說，是把明天才能實現的一些科學技術成就當作今天已經實現的現實來描寫，另有些科學的幻想小說是幻想過去的。「科學幻想小說」一般都具有如下三個特點：㈠它是「小說」，具有小說的特點：有構思、有情節、有人物。㈡它是「幻想」小說，不是描寫事實，而是描寫科技方面幻想的未來。㈢它是「科學」幻想小說，它的幻想內容是有一定科學根據的，不是胡思亂想。

中共自竊據大陸以後，三十多年來出版的科幻小說創作有限，僅在一九五六年及一九六二年兩個年頭的前後有少許的創作，而從一九六六年到一九七六年的文化大革命期間，則呈現一片空白。一九七八年以後，中共對外有限度的開放，隨著西方文化的滲入，科幻小說才逐漸流行起來。一九八一年是個創作「高峰」，該年創作的科幻小說計三百多篇，約為一九七六年到八〇年的總和。寫作人員也由一九七八年的三十多人擴大到二百多人。不過，這股熱潮到一九八三年被中共斥責為「搞精神汙染」，很快的又銷聲匿跡了。

早年大陸的科幻小說主要是為兒童而創作的，近年來科幻小說創作則多以青年及成人為對象，探討一些人生哲理或社會現實，其內容除科學幻想外，還加入神奇鬼怪、浪漫愛情等題材，以吸引廣大讀者。本文擬對大陸科幻小說的沿革、代表人物、作品內容作一介紹，並對大陸上有關科幻小說地位的爭議、科幻小說所造成的「精神汙染」，以及科幻小說的未來發展，作一概括性的探討。

一、外國科幻小說的啟迪

根據中共出版的「中國科學幻想小說選」（一九八二年、瀋陽）一書言，除了中國古代的神話，如「夸父逐日」、「女媧補天」、「后羿射日」、「嫦娥奔月」，乃至於西遊記、聊齋誌異、封神演義，都曾是中國現代科幻小說的先導外，外國科幻小說也曾給予中國現代科幻小說創作以深刻的影響。自二十世紀以來，中國讀者接觸科幻小說，最初大多是從外國科幻小說的中譯本開始的。

第一個被介紹到中國來的，是法國著名的科幻小說作家儒勒·凡爾納（Jules Vernes）的作品。一九〇〇年，中國首先翻譯出版了他的「環境世界八十天」。緊接著，在一九〇三年，凡爾納的「十五小英豪」中譯本也出版了。這本書的譯者之一梁啟超，採用中國傳統的章回小說形式翻譯此書，使凡爾納的作品更加適合中國讀者的口味。同年十月，魯迅在日本也用章回體翻譯凡爾納的作品「月球之旅」、「地心之旅」等。另外，在一九三〇、四〇年代，顧均正也大力提倡凡爾納的作品，如「和平之夢」、「在北極底下」、「性變」及「倫敦奇疫」等。

從一九五〇年代起，中共「中國青年出版社」曾系列地翻譯出版了「凡爾納選集」，包括以下作品：「格蘭特船長的女兒」、「海底兩萬里」、「神秘島」、「地心之旅」、「從地球到月球」……等。根據不完全的統計，總印數達五百五十多萬冊。自一九七九年起，中共又重印「凡爾納選集」，就大陸讀者言，凡爾納是一位影響最大的外國科幻小說作家。

第二位被介紹到中國來的外國科幻小說家是英國的赫爾別特·喬治·威爾斯。早初，威爾斯的作品大都刊在雜誌上，一九一七年茅盾編譯了威爾斯的作品「巨鳥島」，以「三百年後孵化之卵」為題發表於「學生雜誌」上。從一九五〇年起，威爾斯的名著「隱形人」翻譯出版了，這本書於一九八〇年重印，印數達三十三萬冊。一九八〇年江蘇「科技出版社」也大量出版威爾斯的科幻小說選，其內容計有：「時間旅行機」、「星際戰爭」、「首次登上月球的人們」、「在彗星出現的日子裡」和「摩若博士島」等。

一九五〇年代，蘇聯科幻小說家的作品也陸續在大陸上出現。其中以謝・別利亞耶夫的「平格爾的奇遇」、「陶威爾教授的頭顱」，伊・葉甫列莫夫的「星球上來的人」，阿・托爾斯泰的「加林工程師的雙曲線」等較為著名。六〇年代乃至七〇年代中共與蘇俄交惡時期，大陸上未曾出現蘇聯作家作品。一九八〇年中共與蘇俄關係解凍，中共「海洋出版社」出版了蘇聯科幻小說選「在我消逝掉的世界裡」，收入十九篇作品，介紹蘇聯科幻小說的概況。同年，江蘇「科技出版社」出版了蘇聯阿・卡贊采夫的長篇科幻小說「太空神曲」。

自從尼克森訪問中國大陸以後，中共加強對美國關係的工作，美國的科幻小說得以在大陸上翻譯出版。一九七八年美國作家蓋莫夫的中篇科幻小說「物理世界奇遇記」譯成中文，第一版出書近五十萬冊。隨後，美國著名科幻小說家艾西莫夫（Issac Asimov）的作品也湧入大陸，如「奇妙的航程」、「低能兒收容所」、「講笑話的人」、「鏡像」等等。在近年來大陸的報章雜誌上，經常可以看到艾西莫夫的作品和其生平介紹。

一九八〇年，英國著名科幻作家克拉克（Authur Clarke）著的「二〇〇一年太空探險」、「馬拉瑪相會」等的中譯本陸續在大陸出版。而自一九八一年起，日本科幻卡通片「阿童木」，由中共「中央電視臺」播出，北平「科普出版社」還發行了「阿童木」連環畫。

二、大陸科幻小說的發展沿革

中國的科幻小說創作，據稱最早始於一九〇五年（清光緒三十一年），由徐念慈創作出版的「新法螺」（上海小說林社出版），內容包括三篇科幻小說：「法螺先生譚」、「法螺先生續譚」及「新法螺先生譚」。一九二三年一月發表在商務印書館出版的「小說世界」第一卷第一期上的「十年後的中國」，是一篇具有民族特色的現代科幻小說。一九三二年八月「現代」雜誌所刊載的「貓城記」，是一部有名的中篇科幻小說。一九四〇年九月，上海「文化出版社」出版了顧均正的科幻小說集「和平的夢」。

從一九四九年迄今，大陸科幻小說的創作出現過三次「高潮」。第一次在一九五六年前後，第二次是一九六二年前後，第三次是一九七八年到一九八二年。這三次「高潮」出現的時機，多是在中共文藝創作較為「思想解放」的時期。

在外國翻譯作品的影響下，一九五六年前後創作的科幻小說，其中大多是給少年兒童看的科學幻想故事。例如鄭文光的「第二個月亮」、「太陽歷險記」、「黑寶石」、「從地球到火星」；葉至善的「失踪的哥哥」、「到人造月亮去」；遲叔昌的「割掉鼻子的大象」、「三號游泳選手的祕密」；趙世洲的「活孫悟空」、「飛椅」；丁江的「地心列車」，危石的「怪枕頭」，饒忠華的「空中旅行記」，及郭以實的「孫悟空大鬧原子世界」等。

一九六二年前後，大陸出版了十餘種科幻小說集，此一階段以蕭建亨寫的有關動物頭顱移殖的「布克的奇遇」堪稱代表作，這篇作品富有兒童情趣，深受兒童的歡迎。其他重要作品尚有：模仿領頭鯨「語言」放牧鯨魚的「大鯨牧場」（遲叔昌作）；借助夢境回到五萬年以前的「史前世界旅行記」（徐青山作）；創製變色塗料的「神祕的小坦克」（嵇鴻作）；預測天氣的「北方的雲」（劉興詩作）；借助生物電流「反饋刺激」增強記憶的「失去的記憶」（童恩正作）。

值得留意的是，第一篇以成人為對象的科幻小說「白鋼」（王天寶作）在一九六二年首度出現。這篇作品描述高強度展延性陶瓷代替鋼鐵，開闢材料新領域的途徑。

從一九六六年到一九七五年的「文革」期間，是中共科幻小說的空白期，整整十年未曾發表過一篇科幻小說。一九七六年，葉永烈寫的利用石油蛋白製造人造食物的「奇異的蛋糕」，方才打破寂沈的科幻小說創作。

從一九七七年起，大陸科幻小說創作出現一次「高潮」，這一次，不論就數量和質量來說，都大大超過前兩次，顯示大陸的科幻小說有顯著成長。這一時期的代表作品是鄭文光的「飛向人馬座」、童恩正的「珊瑚島上的死光」、葉永烈的「小靈通漫遊未來」和王亞法的「魔枕」等。

在科幻小說出版方面，一九七九年北平「海洋出版社」出版的「科學神話」第一集，是當前大陸科幻小說選集中，收錄比較齊全的一本書，它精選了從一九七六年到一九七九年發表的二十篇科幻小說，書末還附有「一九七六—一九七九科學幻想故事梗概」，收錄了另外四十五篇科幻作品的內容概要。該書第二集於一九八○年出版，收入一九七九至一九八○年的二十六篇作品，另外還收入一百零二篇作品的故事簡介。一九八三年六月「科學神話」第三集出版，收入一九八○至一九八二年的十篇代表作，及三百餘篇科幻作品的故事梗概。「科學神話」一至三集，可說是近幾年大陸科幻小說創作情形的縮影。

如果說「科學神話」已把一九七六—一九八二年發表的科幻作品作年鑑式地載介，那麼一九八二年北平「海洋出版社」出版的「中國科幻小說大全」（上中下三冊），該算是最有系統的一本科幻小說年鑑。它的內容不限於七○至八○年代，而往上溯至一九○五年，甚至更早，也不一定「科學」，但已具大膽幻想的中國古代神話、中國古代科學幻想故事（如「偃師造人」、「能飛的木鳶」、「諸葛亮與木頭人」等）也一併介紹。

此外，一九八二年瀋陽「遼寧人民出版社」出版的「中國科學幻想小說選」，除了刊載科幻作品外，又詳細介紹各科幻小說家的生平、照片、經歷及發表作品。

再者，從一九八一年起，大陸上相繼創辦了「科幻世界」（科普出版社）、「科幻海洋」（海洋出版社）、「智慧樹」（新蕾出版社）、「科學文藝譯叢」（江蘇人民出版社）、「科學小說譯叢」（廣東科技出版社）等五種科幻小說雜誌，廣受讀者喜愛。總的來說，大陸上科幻小說近年來雖有快速成長，但至今尚未出現成熟的作品，與外國科幻小說相比仍有很大差距。

三、大陸科幻小說的代表人物

當前大陸上最有名的科幻作家是鄭文光（一九二九—），他也是個天文學家，誕生於越南海防，童年時代在越南度過，廣州「中山大學」天文學系畢業。現為「智慧樹」雜誌的主編。

早在一九五四年，鄭文光就開始科幻小說的創作，最早寫的一篇作品是「第二個月亮」，發表在「中國少年報」，隨後又創作「太陽歷險記」、「黑寶石」及長篇小說「飛出地球去」。和其他文藝作家一樣，他在「文革十年期間被迫停止寫作，一九七九年他重新提筆，出版了中篇科幻小說「飛向人馬座」，描述宇宙飛船「東方號」因遭敵人破壞突然起飛，本來要飛向火星由於燃料耗盡，竟向遙遠的人馬座飄去。飛船上的三個年輕人經歷了種種險阻，利用宇宙線的能量，終於使飛船和前往援救的「前進號」銜接，平安返回地球。

同年，鄭還創作「荒野奇珍」、「鯊魚偵察兵」、「仙鶴和人」和「太平洋人」等短篇科幻小說。其中「太平洋人」曾引起不同意見的辯論，被某些人批評為「故事極富幻想，背離了現今科學已經證明了的科學常識。」一九八○年他又創作了不少新作品，如「古廟奇人」、「大洋深處」、「命運夜總會」和「神翼」等四部中篇科幻小說，合編成「鄭文光新作選」。

綜觀鄭文光過去和現在科幻小說創作的不同處在，五○年代創作以少年兒童為主，七○年代創作則以成人為對象。據他說，「這幾年我在寫科幻小說時，偏重於社會性，深入觸及社會問題，利用科幻小說來反映人生，並探討人生哲理問題……這裡談的問題比較複雜，少年兒童不一定理解。」事實上，利用科幻小說來反映現實，探討「社會主義」的異化問題，正是鄭文光後期創作的動力。

葉永烈（一九四○——）也是大陸著名科幻作家之一。他是浙江溫州市人，「北大」化學系畢業，一九六○年出版他的第一本科學小說「碳的一家」，一九六一年秋開始創作科幻小說，寫了「小靈通奇遇記」，這個中篇科幻小說在一九七八年改名為「小靈通漫遊未來」，此書描寫一個眼明耳靈的小記者「小靈通」，訪問了未來世界，向小讀者報導他的種種新奇見聞。本文深受義大利作品「洋葱頭歷險記」的啟發。

此外，他還寫了科幻小說「世界最高峰的奇蹟」，其後改編為漫畫，書名是「奇異的恐龍蛋」。該文發表於一九七七年，描述大陸科學考察隊在聖母峰上找到一只古代的恐龍蛋，這蛋被一層東西包著，沒有變成化石，科學家設法使其孵出小恐龍來。葉的小說亦被某些人批評為「違反科學」是「違科學」的標本。但他提出辯解說，「科學幻想可用以下的公式表達：科學幻想＝現實的科學＋合理的推理。它從現在的科學理論出發去創造作品。……總之，不能過分用科學論文的眼光來要求科幻小說。」

目前大陸上著名的科幻作家還有童恩正、嚴家其、金濤、蕭建亭、孟偉哉、余永烈、劉興詩、王曉達……等人。童恩正（一九三五——）是「四川大學」歷史系副教授，他從一九六〇年起就從事科幻小說創作，早年創作的「五萬年以前的客人」、「失去的記憶」等，大都發表在「少年文藝」上。「文革」以後，他又寫了「雪山魔笛」、「追踪恐龍的人」、「宇航員的歸來」及「珊瑚島上的死光」。

金濤（一九四〇——）是大陸科幻小說界的後起之秀。一九六三年畢業於「北大」地質地理系，早年從事新聞工作。一九七九年出版中篇童話「大海媽媽和她的孩子們」，翌年發表第一篇科幻小說「月光島」，並陸續寫了「沼地上的木屋」、「魔鞋」等，其代表作是「颱風行動」。該文以大陸某教授獲得諾貝爾獎開始，在他搭機前往領獎時，被敵國用「颱風製造機」計誘降落到泰國，並派出女特務冒充教授學生向他套取研究成果。後來幾經波折，教授終於擺脫魔掌，揭露此一罪惡陰謀。「颱風行動」一文雖然曲折離奇，但卻被批評為格局基本上未能脫出「美女加間諜」的套套，政治鬥爭的氣息特別濃厚。尤其令人難以滿意的是，金在描寫有關外國的人和事時，顯然暴露了他對外國事物認識的不足，因此下筆時往往捉襟見肘，力不從心。

總的來說，大陸科幻作家早期作品大都運用兒童語言，闡釋科學常識，題材大都侷限於生物方面的童話。「文革」以後，他們的作品不約而同地轉向「社會寫實」或「科幻神怪」，凡此除與讀者的需要有關，更與作者本人在文革期間的餘悸、預悸有關。如是都使他們的科幻作品轉向多樣化與神奇化。

四、科幻小說遭受中共批判

自從科幻小說在大陸流行後，其質和量有著顯著的變化。例如早些年的科幻作品有百分之六十是講科學如何在未來造福人群，但近四年來，這樣的作品下降到只佔百分之六點五，取而代之的題材是鬼神出世、偵探驚險、香豔離奇的作品。

根據調查，大陸從一九八〇年七月到一九八一年底發表的作品中，劇情為陰謀兇殺、借屍還魂，甚至渲染色情，以及其他怪誕荒謬小說，如「美女奇蛇案」、「王府怪影」等，要佔這一時期科幻作品的百分之四十以上。若再加上一些假借科幻名義而「違反科學」、談論政治問題的小說，總共要佔到將近百分之六十。

中共指責這些科幻作者只是按照「幻想+驚險」、「幻想+愛情」的公式製造科幻商品，於是便產生如下奇怪的故事：能變色隱形、攀附牆壁的「神祕衣」使盜賊得以大顯身手；挖出人腦移入猩猩頭中，使一個以科學家為首的犯罪集團，得到常人所不及的「怪盜」；科學狂人在海底、地下或在荒山孤島上，造出許多毀滅性武器，與人類為敵；一個「無性生殖」的小孩，由於注射了催生劑，五歲便絕頂聰明，達到成人都不及的高度。中共甚至謾罵說，有不少科幻作家打著科幻的旗號，大肆宣揚西方式的愛情，津津樂道未來機械人的色情，還有藉題發揮，發洩對社會主義的不滿，而且公然抵制批評。

於是在一九八三年十月，當鄧小平高呼要清除文藝界的「精神汙染」時，科幻小說也就難逃厄運了。十一月九日北平「光明日報」發表「警惕科幻小說中的精神汙染」，文中指出，「科學與迷信歷來是對頭。然而，前段時間有些報刊卻為這『兩家』『攀親結緣』，為一些違反科學的東西塗飾油彩，披上『科學』的華衣，給科學宣傳造成混亂。有的人還利用科幻小說這種文藝形式散布一些反科學，甚至有嚴重錯誤的精神汙染。」

十一月五日「人民日報」發表「科幻作品中的精神汙染也應處理」的署名文章指出，那些荒誕不經的科幻小說「對廣大青少年讀者所起的影響很壞。違反科學，宣揚唯心主義及封建迷信，只能攪亂人們的思想」、「出現這樣一批既不忠於科學，也不忠於生活，更丟棄了共產主義理想的科幻小說，絕非孤立現象，而是這幾年資本主義腐朽思想和封建主義殘餘思想的影響和侵蝕的結果。」

一九八三年十一月十日「中國科普創作協會」在北平舉行座談會，特別指責科幻小說中存在嚴重的精神汙染。「一些人在創作中把精神產品商品化，追求票房價值，粗製濫造，對人民不負責任。」一九八四年三月三日「人民日報」發表評論文章，特別要求科幻作家要改正其作品中的科學性和思想性方面的缺點和錯誤，應當不斷地提高思想水平和創作水平，創作出美好的、科學營養豐富的、無愧於「黨和人民」的作品。

綜合上述中共的批判文章來看，中共清算科幻小說的重點除了那些渲染色情和封建迷信的作品外，更重要的是，中共批判他們假借鬼神形象來影射、諷刺中共統治下的社會現實。換言之，就是利用科幻小說來抗拒「四個堅持」，因此無怪中共要視這類科幻作品如蛇蠍了。

五、結論

中國大陸科幻小說的發展路程是多災多難的，除了政治鬥爭和文藝批判因素外，近幾年在大陸科幻小說界也出現不同的流派和迴異的觀點。

從一九七八年以來的實況觀之，它的發展可說是非常迅速的。這項「科學的春天」的到臨，除與中共實行對外開放，引進西方科幻小說有關外，更因大陸人民飽受「文革」摧殘，「三信危機」瀰漫，而普遍追求精神刺激和感官滿足有關。再有，大陸科幻作家在「文革」時期的經驗教訓，使他們日後的創作更加「社會寫實」，也更為人們所接納、認同，總此都是大陸科幻小說能夠持續繁榮的原因。

不過，基本上，中共對科幻小說的要求是「有科學性、有利於社會主義事業」的作品，而大陸人民喜歡的科幻小說則是懸疑、幻想，加上一些刺激，如是二者對科幻小說在認同上就有很大的差距。從一九八三年迄今，大陸科幻小說界歷經「精神汙染」的風暴，寫作數量和作者有著顯著的減少；而且在大陸社會「向錢看」風氣的影響下，一些科幻作家急於求名求利，創造出一些老套的神怪與色情幻想小說，雖然大賣其錢，但此對大陸科幻小說的創作遠景言，毋寧是一項倒退。

原載「文訊月刊」第十八期(七十五年二月)

〔附錄二〕

台灣地區刊登、出版及研究大陸「抗議文學」作品索引（一九七九～一九八三）

張子樟

說明

國內報章雜誌最早刊登「抗議文學」作品是中國時報「人間」副刊。六十八年五月二十四、二十五日，該刊先刊出「『社會主義悲劇文學』的震憾」（丁望）一文，二十七日轉載巴金的「懷念蕭珊」，鄭直選註，以後又陸續刊登一系列作品，內容深入廣泛，包括詩歌、散文、小說、報導文學等。同年八月將刊出作品結集成書。

十月間，成文出版社推出由葉洪生主編的「九州生氣恃風雷——大陸覺醒文學選集」，除部份與「人間」轉載的重覆外，還選列「三家村」文選、諷刺漫畫、相聲等。

七十年四月間，大陸掀起「批『苦戀』事件」，海內外均十分關注此事件的發展。聯合報副刊便於四月二十六、二十七兩日轉載白樺的「苦戀」，接著又登高曉聲、王蒙、王若望等人的作品，負責選註的是鄭義。劉紹銘、李歐梵等人曾撰寫多篇評論文字。青年戰士報也於同月二十七日起連續三天轉載「苦戀」。後來，該報又在副刊上不定期的刊出多篇小說。

同年九月一日，中央日報的「晨鐘」創刊，同日就轉載「在社會的檔案裡」劇本，接著又刊出多篇劇本，並於次年二月結集成書。

中華日報也於七十年十一月間轉載大陸作品，但評論性文字多於作品，由曾義、成如實執筆。「新文藝」月刊從二八九期（六十九年四月）起開始轉載大陸短篇小說，趙文襄（牧羊）負責選註。到七十二年六月該刊停刊為止，共刊登三十六篇。

七十一年一年內，國內將大陸文學作品結集成書的有八冊之多。除了中央日報的「傷痕文選」外，另有葉洪生主編的「白樺的苦戀世界」、阿老（周野）編註的「醉入花叢」、「苦戀」和「疙瘩媽告狀」、幼獅出版的「傷痕」、「人妖之間」和「苦戀」。

談「大陸經驗」的文學作品，絕不能忽視了吳甿、虞雪、陳若曦、金兆、楊明顯、林也牧等人的作品。當然，「反修樓」一書也十分重要。該書是逃至香港的紅衛兵的作品，曾獲第二屆「時報文學獎」六十八年的推薦小說特別獎，爾雅出版社將其重新排印出版。

截至七十二年十月底為止，凡是論及大陸社會現況的文學作品時，似乎不出下列諸書：

1.「北京最寒冷的冬天」（夏之炎著，有多種譯本）
2.「尹縣長」（陳若曦著，遠景，六十五年三月）
3.「凜風、血雨、天安門」（夏之炎著，李永熾譯，時報，六十六年，六月。）
4.「老人」（陳若曦著，聯經，六十七年四月）
5.「歸」（長篇，陳若曦著，聯經，六十七年八月）
6.「中國大陸抗議文學」（高上秦主編，時報文化，六十八年八月）
7.「九州生氣恃風雷」（葉洪生編，成文，六十八年十月）
8.「反修樓」（冬冬等著，爾雅，六十八年十月）
9.「廣闊天地」（虞雪著，時報，六十八年十一月）
10.「芒果的滋味」（金兆著，聯經，六十九年八月）
11.「腳印」（阿老著，幼獅文化，六十九年九月修訂四版）
12.「當乞丐的日子」（馬蹄鐵著，幼獅文化，六十九年十月）

13.「姚大媽」(楊明顯著，聯經，七十年六月)
14.「大將軍」(金兆著，洪範，七十年八月)
15.「傷痕文選」(中央日報，七十一年二月)
16.「醉入花叢」(阿老編註，遠流，七十一年四月)
17.「苦戀」(同右)
18.「疙瘩媽告狀」(同右)
19.「傷痕」(幼獅文化，七十一年七月)
20.「人妖之間」(同右)
21.「苦戀」(同右)
22.「真假方玲」(金兆著，聯經，七十一年十二月)

索引部分

作者	篇名	原出處	轉載報章、雜誌、專書
(一)詩歌			
黃翔	我看見一場戰爭	「啟蒙」第二期(作於一九六九)	①「中國大陸抗議文學」(時報) ②「九州生氣恃風雷」(成文)
黃翔	火炬之歌	「啟蒙」第二期(作於一九六九)	①「中國大陸抗議文學」(時報) ②「九州生氣恃風雷」(成文)
池北偶	風派人物的臉譜	「詩刊」一〇七期(一九七八、四)	「九州生氣恃風雷」(成文)
李家華	人	「啟蒙社」(一九七九、一)	「中國大陸抗議文學」(時報)
李家華	深度與廣度	「啟蒙社」(一九七九、一)	「中國大陸抗議文學」(時報)
李家華	思想	「啟蒙社」(一九七九、一)	「中國大陸抗議文學」(時報)

李家華	信仰	「啟蒙社」（一九七九、一）	「中國大陸抗議文學」（時報）
李家華	崇高的信念	「啟蒙社」（一九七九、一）	「中國大陸抗議文學」（時報）
李家華	創造	「啟蒙社」（一九七九、一）	「中國大陸抗議文學」（時報）
愚民	「民主牆」贊	「北京之春」（一九七九、二）	「九州生氣恃風雷」（成文）
李家華	詩人	「解凍」（一九七九、三）	①「中國大陸抗議文學」（時報） ②「九州生氣恃風雷」（成文）
郭路生	相信生命	「北京之春」（一九七九、五、十六）	「中國大陸抗議文學」（時報）
郭路生	這是一顆心	「北京之春」（一九七九、五、十六）	「中國大陸抗議文學」（時報）
凌冰	給你……	「北京之春」（一九七九、五、十六）	「中國大陸抗議文學」（時報）
白樺	風	「詩刊」（一九七九、八）	「白樺的苦戀世界」（采風）
白樺	珍珠	「詩刊」（一九七九、十）	「白樺的苦戀世界」（采風）
公劉	上訪者及其家屬	「清明」（一九八〇第一期）	聯合副刊（七十、八、十六）
白樺	船	「詩刊」（一九八一、一）	「白樺的苦戀世界」（采風）
葉文福	將軍，好好洗一洗（部分）	「蓮池」（一九八一、一）	聯合副刊（七〇、十二、二三）
孫靜軒	一個幽靈在中國大地上游蕩	「長安」（一九八一、二）	①青年戰士報副刊 ②「傷痕文選」（中央日報）
青草	民主牆的光芒	「五四論壇」	「九州生氣恃風雷」（成文）
方舍	人民	「今天」	①「中國大陸抗議文學」（時報） ②「九州生氣恃風雷」（成文） ③聯合副刊（七〇、五、二十）
四徒	秦城之歌	「探索第三期」	①「中國大陸抗議文學」（時報） ②「九州生氣恃風雷」（成文）

阿Q	悲歌	「探索第三期」	①「中國大陸抗議文學」（時報）
佚名	魚群三部曲	一九七九、四貼於西單民主牆	②「九州生氣恃風雷」（成文）
	唉呀呀，不得了	貼於上海民主牆上	「九州生氣恃風雷」（成文）
芒克	寫給珊珊的紀念冊	「今天」	「中國大陸抗議文學」（時報）
芒克	自畫像	「今天」	「中國大陸抗議文學」（時報）
方舍	在路上	「今天」	「中國大陸文學抗議」（時報）
阿Q	葉	「中國人權」第二期	「中國大陸抗議文學」（時報）
阿Q	下沉	「中國人權」第二期	「中國大陸抗議文學」（時報）
泥土	春天	「中國人權」第二期	「中國大陸抗議文學」（時報）
江河	寒冷和死寂沒有盡頭	北平「人民」	聯合副刊（七〇、五、二十）
劉祖慈	示眾	「安徽文藝」	聯合副刊（七〇、五、二十）
穆倍賢	關於「悲」	貴陽「花溪」	聯合副刊（七〇、五、二十）
穆倍賢	關於「歡」	貴陽「花溪」	聯合副刊（七〇、五、二十）
弋瑋	荒唐	貴陽「花溪」	聯合副刊（七〇、五、二十）
流沙河	焚書		聯合副刊（七〇、八、十六）
顧城	一代人		中國時報「人間」（七一、十二、十八）
顧城	攝		中國時報「人間」（七一、十二、十八）
蔡焜	皺紋		「傷痕文學」（中央日報）
梁小斌	中國，我的鑰匙丟了（節錄）		「傷痕文學」（中央日報） （最後四首為朦朧詩）

(二)散 文			
呂 恩	懷念舒繡文	「戰地增刊」(一九七九第一期)	「中國大陸抗議文學」(時報)
鄧友梅	掩卷遐想	「人民文學」(一九七九、三、二十)	「中國大陸抗議文學」(時報)
巴 金	懷念蕭珊	廣州「作品」(一九七九、四)	①「中國大陸抗議文學」(時報) ②「九州生氣恃風雷」(成文)
白 樺	春天對我如此厚愛	「新觀察」(一九八一、七)	「白樺的苦戀世界」(采風)
陶斯亮	一封終於發出的信		「中國大陸抗議文學」(時報)
(三)報導文學			
延 雲	踐 踏	「北京之春」(一九七九、二)	①「中國大陸抗議文學」(時報) ②「九州生氣恃風雷」(成文)
黃展鵬	上海藏書樓的五人冤案	「人民教育」(一九七九、二)	「中國大陸抗議文學」(時報)
唐 江			
劉賓彥	人妖之間	「人民文學」(一九七九、九)	①中央日報「晨鐘」(七一、一、三一—二、二四) ②「人妖之間」(幼獅)
金 生	「秦城一號」監獄	「探索」第三期	①「中國大陸抗議文學」(時報) ②「九州生氣恃風雷」(成文)
梁 檗	「功德林」的功德	「探索」第三期	①「中國大陸抗議文學」(時報) ②「九州生氣恃風雷」(成文)
黃中放	「昆明市收容所」紀實		①「中國大陸抗議文學」(時報) ②「九州生氣恃風雷」(成文)
黃中放	雲南開遠市收容所見聞錄		「九州生氣恃風雷」(成文)
楊 絳	「五七幹校」六記		聯合副刊(七十、七、二一—二三)

(四)劇本			
趙梓雄	未來在召喚	「當代」(一九七九第一期)	「苦戀」(幼獅)
白樺	「向前看」的故事	「人民文學」(一九七九、九)	「白樺的苦戀世界」(采風)
白樺	苦戀	「十月」(一九七九第三期)	①聯合副刊(七〇、四、二六~二七) ②青年戰士報(七〇、四、二七~二九) ③「傷痕文選」(中央日報) ④白樺的苦戀世界」(采風) ⑤「苦戀」(遠流) ⑥「苦戀」(幼獅)
王靖	在社會的檔案裡	「電影創作」(一九七九、十)	①「傷痕文選」(中央日報) ②「苦戀」(幼獅)
李克威	女賊	「電影創作」(一九七九、十一)	①「傷痕文選」(中央日報) ②「苦戀」(幼獅)
沖葉新 姚明德 李守成	假如我是真的	香港「七十年代」(一九八〇、二)	「苦戀」(幼獅)
(五)中篇小說			
魯彥周	天雲山傳奇	「清明」(一九七九創刊號)	「傷痕」(幼獅)
劉克	飛天	「十月」(一九七九第三期)	「傷痕」(幼獅)
徐明旭	調動	「清明」(一九七九第二期)	「傷痕」(幼獅)
王若望	饑餓三部曲(第三部份節錄)	「收穫」(一九八〇第一期)	聯合副刊(七〇、四、二九)
張一弓	犯人李銅鐘的故事	「收穫」(一九八〇第一期)	「人妖之間」(幼獅)
白樺	啊!古老的航道	「清明」(一九八〇第一期)	「白樺的苦戀世界」(采風)
姜滇	水天蒼蒼	「十月」(一九八〇第三期)	「醉入花叢」(遠流)

㈥短篇小說

劉心武	班主任	「人民文學」（一九七七、十一）	「人妖之間」（幼獅）
舒　展	復　婚	「作品」（一九七八、七）	①「中國大陸抗議文學」（時報） ②「九州生氣恃風雷」（成文）
盧新華	傷　痕	「文匯報」（一九七八、八、十一）	①「中國大陸抗議文學」（時報） ②「九州生氣恃風雷」（成文） ③「疙瘩媽告狀」（遠流） ④「傷痕」（幼獅）
蔣子龍	喬廠長上任記	「人民文學」（一九七九、一）	「人妖之間」（幼獅）
鄭　義	楓	「文匯報」（一九七九、二、十一）	①「中國大陸抗議文學」（時報） ②「九州生氣恃風雷」（成文） ③「苦戀」（遠流）
胡迪菁	譚靜	「文匯報」（一九七九、三、十一）	「中國大陸抗議文學」（時報）
劉紹棠	藏珍樓	「北京日報」（一九七九、三）	「中國大陸抗議文學」（時報）
韓少功	月蘭	「人民文學」（一九七九、四）	「新文藝」月刊三二〇期（七一、一、一）
蘇　明	可能發生在二〇〇〇年的悲劇	「北京之春」（一九七九、五）	「九州生氣恃風雷」（成文）
季恩壽	一張提單	「人民文學」（一九七九、五）	①「新文藝」月刊三一四期（七一、五） ②青年戰士報副刊（七一、四、六）
蘇　晨	高價針	「北京之春」（一九七九、六）	「中國大陸抗議文學」（時報）
尤鳳偉	清水衙門	「上海文學」（一九七九、七）	「人妖之間」（幼獅）
高曉聲	李順大造屋	「雨花」（一九七九、七）	聯合副刊（七〇、十、一～二）
苗　歌	星期日	「人民文學」（一九七九、七）	「新文藝」月刊三〇九期（七〇、

			十二）
沈　禎	參考資料	「人民文學」（一九七九、八）	「新文藝」月刊三三三期（七二、二）
成　一	柳主任	「人民文學」（一九七九、八）	「新文藝」月刊三三四期（七二、三）
韶　華	失律的心	「人民文學」（一九七九、八）	「新文藝」月刊三三五期（七二、四）
王　蒙	悠悠寸草心	「上海文學」（一九七九、九）	「人妖之間」（幼獅）
王　蓬	批判會上	「人民文學」（一九七九、十一）	「新文藝」月刊二八九期（六九、四）
張　武	處長的難處	「人民文學」（一九七九、十一）	①「新文藝」月刊二九二期（六九、七） ②「醉入花叢」（遠流）
任大霖	長鬍子的紅衛兵	「上海文學」（一九七九、十一）	「新文藝」月刊三一六期（七一、七）
姜付炬	防疫	「人民文學」（一九七九、十一）	「新文藝」月刊二九〇期（六九、五）
李　曼	入團的歷程	「中國青年」（一九七九、十二）	①「新文藝」月刊二九一期（六九、六） ②「醉入花叢」（遠流）
馬　烽	結婚現場會	「人民文學」（一九八〇、一）	「苦戀」（遠流）
王　蒙	說客盈門	「人民文學」（一九八〇、一）	①聯合副刊（七〇、五、九） ②「傷痕」（幼獅）
張　弦	被愛情遺忘的角落	「上海文學」（一九八〇、一）	「傷痕」（幼獅）
唐克新	選舉	「人民文學」（一九八〇、二）	①「新文藝」月刊二九三期（六九、八）

			②「疙瘩媽告狀」（遠流）
蔣子龍	喬廠長後傳	「人民文學」（一九八〇、二）	「人妖之間」（幼獅）
畢方	戰友	「人民文學」（一九八〇、四）	「新文藝」月刊二九四期（六九、九）
盧新華	表叔	「人民文學」（一九八〇、四）	「新文藝」月刊二九七期（六九、十二）
王希堅	李有才之死	「人民文學」（一九八〇、五）	①「新文藝」月刊二九五期（六九、十） ②「疙瘩媽告狀」（遠流）
金沙水	補償	「人民文學」（一九八〇、五）	「新文藝」月刊二九六期（六九、十一）
李劍	醉入花叢	「湛江文藝」（一九八〇、六）	「醉入花叢」（遠流）
張新奇	呵，老師	「人民文學」（一九八〇、六）	「醉入花叢」（遠流）
高纓	花癲	「人民文學」（一九八〇、七）	「新文藝」月刊二九九期（七〇、二）
應向東	賃盡書的老人	「人民文學」（一九八〇、七）	「苦戀」（遠流）
戈悟醒	從前去過的地方	「人民文學」（一九八〇、七）	「疙瘩媽告狀」（遠流）
吳晨笳	起火	「人民文學」（一九八〇、八）	「疙瘩媽告狀」（遠流）
李克定	籬笆	「人民文學」（一九八〇、九）	①「新文藝」月刊三〇三期（七〇、六） ②青年戰士報副刊（七〇、十二、二一～二二）
李准	芒果	「人民文學」（一九八〇、九）	①「新文藝」月刊三〇四期（七〇、七） ②「醉入花叢」（遠流）
李惠文	動機不純	「人民文學」（一九八〇、九）	①「新文藝」月刊二九八期（七〇

			、一)
李克靈	省委第一書記	「鴨綠江」(一九八〇、九)	②「醉入花叢」(遠流) 青年戰士報副刊(七〇、十、十九～二一)
李克定	疙瘩媽告狀	「人民文學」(一九八〇、九)	①「新文藝」月刊三〇二期(七〇、五) ②「疙瘩媽告狀」(遠流)
雨煤	啊，人……	「花溪」(一九八〇、十)	「傷痕」(幼獅)
廖西嵐	非正常死亡	「人民文學」(一九八〇、十二)	①「新文藝」月刊三〇六期(七〇、九) ②「疙瘩媽告狀」(遠流)
茹志鵑	三榜之前	「人民文學」(一九八〇、十二)	「新文藝」月刊三一一期(七一、二)
白樺	一束信札	「人民文學」(一九八一、一)	①「白樺的苦戀世界」(采風) ②「疙瘩媽告狀」(遠流)
秦兆陽	賈大奇自述	「人民文學」(一九八一、一)	①「新文藝」月刊三〇八期(七〇、十一) ②「苦戀」(遠流)
陳耿之	留芳村的人們	「潮州文藝」(一九八一、一)	「新文藝」月刊三一三期(七一、四)
韓水	賈廠長的苦惱	「潮州文藝」(一九八一、一)	「新文藝」月刊三二三期(七二、一)
廖西嵐	典型演義	「人民文學」(一九八一、三)	①「新文藝」月刊三〇七期(七〇、六) ②「苦戀」(遠流)

王火	新三岔口	「人民文學」(一九八一、五)	①「新文藝」月刊三一二期(七一、三) ②「疙瘩媽告狀」(遠流)
秦兆陽	蘇醒	「人民文學」(一九八一、六)	「新文藝」月刊三一五期(七一、六)
諶容	褪色的信	「人民文學」(一九八一、六)	「苦戀」(遠流)
濤沙	工程師	「人民文學」(一九八一、七)	①「苦戀」(遠流) ②「新文藝」月刊三二〇期(七一、十一)
尹俊卿	混沌	「人民文學」(一九八一、七)	「疙瘩媽告狀」(遠流)
孫淑敏	不准發表的採訪	「鴨綠江」(一九八一、八)	「新文藝」月刊三一七期(七一、八)
歐陽山	膽怯的孩子	「鴨綠江」(一九八一、八)	「新文藝」月刊三一八期(七一、九)
江流	少女與傘	「鴨綠江」(一九八一、八)	「新文藝」月刊三一九期(七一、十)
馮才	高女人和她的矮丈夫	「鴨綠江」(一九八一、八)	「新文藝」月刊三二一期(七一、十二)
畢必成	蕭望發傳奇	「人民文學」(一九八一、九)	①青年戰士報副刊(七一、一、四～五) ②「醉入花叢」(遠流)
丁悅民	誤會	「人民文學」(一九八一、十)	「苦戀」(遠流)
熙高	第一次	「鴨綠江」(一九八二、七)	「新文藝」月刊三二七期(七二、六)
冰堅	崔發貴的煩惱	「鴨綠江」(一九八二、八)	「新文藝」月刊三二六期(七二、五)

劉心武	愛情的位置		「九州生氣恃風雷」（成文）
林雨	家庭悲劇	大陸地下小說	「九州生氣恃風雷」（成文）
石默	歸來的陌生人	大陸地下小說	「九州生氣恃風雷」（成文）
劉真	渤海波濤	北平「光明日報」	「中國大陸抗議文學」（時報）
白樺	「聽櫓居」盛衰記		①聯合副刊（七〇、六、九） ②「白樺的苦戀世界」（采風） ③「醉入花叢」（遠流）
阿木	買油條的風波		青年戰士報副刊（七〇、八、一）
紀才山	死的自由		青年戰士報副刊(七〇、八、二六)
牛正寰	風雪茫茫（典妻）	「甘肅文藝」	中華日報副刊（七〇、十一、六）
劉樹華	花絲龍的命運	「人民文學」	青年戰士報副刊（七一、二、二四～二五）
王蒙	溫暖	「上海文學」	青年戰士報副刊（七一、三、十六～十七）
祖慰			「中國大陸抗議文學」（時報）
敦德	電話「選」官記	「神聖的使命」小說集	

原題「國內大陸『抗議文學』作品索引」，刊載文訊第6期（民國七十二年二月）

附註：

㈠本索引作品只包括曾刊登於大陸「官方」報章雜誌以及地下刊物的。

㈡有少數轉載作品未曾刊出原出處或日期。

㈢魏京生的「第五個現代化——民主」（聯合報六十九年一月一日譯載）與「再續第五個現代化——人權、平等與民主」（聯合報六十八年六月二十四日轉載）、劉青的「沮喪的回顧與瞻望」（摘要，中國時報「人間」副刊七十年九月十六日至十月二十六日轉載）、葛浩文的「中共的地下文學」（聯副六十八年七月二十五日）、白禮博的「來自地心」、包德甫的「苦海餘生」、「現代文學」第十七期的專輯等，是這些作品最好的背景資料。

㈣國內研究生以此階段的大陸文學撰寫論文，目前已完成兩篇：①「中國大陸的傷痕文學」（吳豐興著，政治大學東亞研究所碩士論文，幼獅文化，七十年五月）；②「人性文學的再發揚——中共『抗議文學』研究」（張子樟著，文化大學三民主義研究所博士論文，未出版）

台灣地區刊登、出版及研究大陸文學作品編目(初稿)

（一九八四～一九八八）

陳信元

凡例

一、編輯本目錄之旨趣，在於提供近年來台灣地區刊登、出版及研究大陸文學作品的資料，藉以了解大陸文學作品在台灣地區傳播的現況。起迄時間自七十三年一月一日至七十七年四月三十日止。

二、本目錄區分為專書、創作與評論兩部分。專書注明作（編）者、書名、出版處所及年月（時間）、原出處；創作與評論再區分為小說、散文、報告文學（含紀實文學）、詩、戲劇、報導與評論等共六類。

三、專書部分依出書時間先後次序排列。創作與評論部分，除了報導與評論類外，概依作者姓氏筆劃序排列，同一作者的作品再依在台刊登（或出版）時間先後序排列；報導與評論類則依刊登（或出版）時間先後序排列。

四、小說類未註明者為短篇小說，另加註中篇小說（略為「中篇」）、長篇小說（略為「長篇」）。報告文學類加註紀實文學。

五、本目「原出處」一欄，載明大陸文學作品原刊登（或出版）時地，資料來源包括：⑴轉載文章或專書後所附錄的資料；⑵參考一九八一、八二、八三、八五年「中國出版年鑑」（北京・商務印書館），一九八五、八六年「中國圖書總目」（香港三聯書店），「中國文學家辭典」（現代第一、二、三、四分冊，四川文藝出版社），陳紹偉編「詩歌辭典」（花城出版社，一九八六年十月）……等書的相關資料。

六、本目查閱的報刊、雜誌，計有報紙類：「中國時報・人間副刊」（略為「人間副刊」）、「中國時報・大地副刊」（略為「大地副刊」）、「聯合報・聯合副刊」（略為「聯合副刊」）、「中時晚報・時代副刊」（略為「時代副刊」）、「自立晚報・自立副刊」、「自立早報・自立副刊」（略為「自立副刊」，早報另註「早」字）、「自由時（日）報・自由副刊」（略為「自由副刊」）、「中華日報・中華副刊」（略為「中華副刊」）、「台灣新聞報・西子灣副刊」（略為「西子灣副刊」）、「台灣時報・時報副刊」（略為「時報副刊」）、「台灣日報・台灣副刊」（略為「台灣副刊」）、「大華晚報・淡水河副刊」（略為「淡水河副刊」）、「大華晚報・讀書人版」、「青年日報・青年副刊」（略為「青年副刊」）等；雜誌類以「聯合文學」、「文星」雜誌、「人間」雜誌、「當代」雜誌、「文訊月刊」、「新書月刊」、「文季」文學雙月刊、「創世紀」詩雜誌（64、72期）、「台灣文藝」、「文藝季刊」、「遠見」雜誌、「兩岸」詩叢刊一至三輯、「台北評論」、「笠詩刊」（一四三、一四四期）、「葡萄園詩刊」（一〇一期）、「春風叢書4：崛起的詩群」等為主。限於查閱的資料並不齊全，遺漏、訛誤之處，在所難免，尚請專家不吝指正。

七、本目之編成，承「文訊」月刊總編輯李瑞騰先生指教，「文藝資料研究及服務中心」提供庋藏資料，併此致謝。

一、專書出版部分

作(編)者	書名	出版時間	原出處	備註
文季社(編)	靈與肉	新地出版社 73.9.		
張子樟	人性與「抗議文學」	幼獅文化公司 73.10.		
王樹明(編)	悲愴記事——文革中的三十年代作家	聯合報社 74.1.		
安思南	煉獄三部曲	中國大陸雜誌社 74.1.		
阿城	棋王 樹王 孩子王	新地出版社 75.8.		
戴厚英	人啊，人！	希代書版公司 76.1.		
張賢亮	男人的一半是女人	文經出版社 76.2.		
張賢亮	綠化樹	新地出版社 76.3.		
張潔	愛，是不能忘記的	新地出版社 76.3.		
古軍(編)	劉賓雁傳奇	時英出版社 76.3.		
遇羅錦	愛的呼喚	皇冠出版社 76.3.		
巴金	懷念蕭珊	希代書版公司 76.4.		
石中玉、王莉莉(編)	劉賓雁	桂冠圖書公司 76.7.20.		
劉賓雁	第二種忠誠——劉賓雁報告文學精選1	人間出版社 76.7.		
劉賓雁	人妖之間——劉賓雁報告文學精選2	人間出版社 76.7.		
劉賓雁	人血不是胭脂——劉賓雁報告文學精選3	人間出版社 76.7.		

祖　慰	性的獨白	希代書版公司 76.7.		原書名「冬夏春的複調」
古　華	貞女	希代書版公司 76.7.	香港香江出版公司一九八七年版	
張賢亮	尚爾布拉克	林白出版社 76.9.15.		
劉心武等著	中國大陸現代小說選〈輯一〉	圓神出版社 76.9.		
徐　星等著	中國大陸現代小說選〈輯二〉	圓神出版社 76.9.		
王孝敏、郲瑢(編)	受戒	國際文化公司 76.9.		
王孝敏、郲瑢(編)	空巢	國際文化公司 76.9.		
甘鐵生等著	人不是含羞草	新地出版社 76.9.		
莫　言	透明的紅蘿蔔	新地出版社 76.9.		
馮驥才	在早春的日子裡	新地出版社 76.9.		
汪曾祺	寂寞和溫暖	新地出版社 76.9.		
馮驥才	義大利小提琴	新地出版社 76.9.		
高曉聲	極其麻煩的故事	新地出版社 76.9.		
殘　雪	黃泥街	圓神出版社 76.9.		
張賢亮	土牢情話	林白出版社 76.10.2.		
桑　曄、張辛欣	北京人	林白出版社 76.10.5.		
宗　璞等著	中國大陸當代小說選——短篇(一)	(香港)藝術推廣中心 76.10.8.		

張　潔等著	中國大陸當代小說選——短篇(二)	(香港)藝術推廣中心 76.10.8.	
周克芹等著	中國大陸當代小說選——短篇(三)	(香港)藝術推廣中心 76.10.8.	
李　陀(編)	世界中文小說選(上冊)大陸部分	時報出版公司 76.10.16.	
巴　　金	巴金「隨想錄」	群倫出版社 76.10.20.	香港三聯書店一九七九年十二月
馬漢茂(編) **H. Martin**	掙不斷的紅絲線——中國大陸的愛情、婚姻與性	敦理出版社 76.10.	
馮　驥　才	啊!——馮驥才小說選	敦理出版社 76.10.	
陸昭環等著	甦醒的春天	希代書版公司 76.10.	
巴　　金	巴金「探索集」	群倫出版社 76.11.30.	香港三聯書店一九八二年
西　西(編)	紅高粱——八十年代中國大陸小說選Ⅰ	洪範書店 76.11.	
西　西(編)	閣樓——八十年代中國大陸小說選Ⅱ	洪範書店 76.11.	
陸文夫、張一弓、鐵凝	美食家——大陸中篇小說(一)	(香港)藝術推廣中心 76.12.15.	
馮苓植、賈平凹、鄧剛	虬龍爪——鳥如其主——大陸中篇小說(二)	(香港)藝術推廣中心 76.12.15.	
鄭　萬　隆	有人敲門	(香港)藝術推廣中心 76.12.15.	
鄭　萬　隆	我的光	新地出版社 76.12.	

當代中國大陸作

				家叢刊（少數民族卷）
張承志	北方的河	新地出版社 76.12		當代中國大陸作家叢刊（少數民族卷）
扎西達娃等著	繫在皮繩扣上的魂	新地出版社 76.12		當代中國大陸作家叢刊（少數民族卷）
景宜等著	岸上的秋天	新地出版社 76.12		當代中國大陸作家叢刊（少數民族卷）
舍·尤素夫等著	夜空，也有兩隻眼睛	新地出版社 76.12		當代中國大陸作家叢刊（少數民族卷）
張賢亮	早安，朋友	遠景出版公司 76.12		
錢鋼	唐山大地震	時英出版社 76.12		
徐志耕	南京大屠殺	時英出版社 76.12		
阿城	阿城小說	海風出版社 77.1.		
馬建	你拉狗屎	海風出版社 77.1.		
張賢亮	男人的一半是女人	遠景出版公司 77.1.		
馮驥才	高女人和她的矮丈夫	林白出版社 77.2.10.		中國大陸作家文學大系①馮驥才卷
王安憶	小城之戀	林白出版社 77.2.10.		中國大陸作家文學大系②王安憶卷

劉索拉	你別無選擇	新地出版社77.2.		當代中國大陸作家叢刊（女作家卷）
程乃珊	藍屋	新地出版社77.2.		當代中國大陸作家叢刊（女作家卷）
張辛欣	我們這個年紀的夢	新地出版社77.2.		當代中國大陸作家叢刊（女作家卷）
王安憶	雨，沙沙沙	新地出版社77.2.		當代中國大陸作家叢刊（女作家卷）
鐵凝	沒有鈕扣的紅襯衫	新地出版社77.2.		當代中國大陸作家叢刊（女作家卷）
張賢亮	男人的風格	遠景出版公司77.2.		
莫言、常青、黃獻國	紅蝗——大陸中篇小說㈢	（香港）藝術推廣中心77.3.15.		
史鐵生	插隊的故事	（香港）藝術推廣中心77.3.15.		
賈平凹	天狗	林白出版社77.3.20.		中國大陸作家文學大系④賈平凹卷
陳建功、鄭萬隆、朱曉平	鬈毛——大陸中篇小說㈣	（香港）藝術推廣中心77.3.25.		

張賢亮	感情的歷程	躍昇文化公司 77.3.		
劉心武	她有一頭披肩髮	林白出版社 77.4.10.		中國大陸作家文學大系③劉心武卷

二、創作與評論

1.小說

作者	篇名	原出處	在台灣出現	備註
王安	克里亞兵站	「上海文學」一九八四年第七期	新地版「繫在皮繩扣上的魂」(76.12.)	滿族作家
王安憶	本次列車終點	「上海文學」一九八一年第十期	「文季」雙月刊第九期(73.9.)國際文化版「空巢」(76.9.)	獲一九八一年「全國優秀短篇小說獎」
	小院瑣記	「小說季刊選」一九八〇年第三期	新地版「愛,是不能忘記的」(76.3.)	
	阿蹺傳略	「文匯月刊」一九八五年第六期	圓神版「中國大陸現代小說選一輯一」(76.9.)時報版「世界中文小說選」上冊(76.10.16.)	
	舞台小世界		(香港)藝術版「中國大陸當代小說選——短篇(三)」(76.10.8.)	
	閣樓	「人民文學」一九八六年第四期	洪範版「閣樓」(76.11.)	

	小鮑莊（中篇）	「中國作家」一九八五年第二期	林白版「小城之戀」（77.2.10.）	
	小城之戀（中篇）	「上海文學」一九八六年第八期	林白版「小城之戀」（77.2.10.）	
	錦繡谷之戀（中篇）	「鐘山」一九八七年第一期	林白版「小城之戀」（77.2.10.）	
	雨，沙沙沙		新地版「雨，沙沙沙」（77.2.）	
	流逝（中篇）	「鐘山」一九八二年第六期	新地版「雨，沙沙沙」（77.2.）	獲第二屆（一九八一—一九八二）「全國優秀中篇小說獎」
	荒山之戀（中篇）	「十月」一九八六年第四期	新地版「雨，沙沙沙」（77.2.）	
王家男	獵人與妻子	「作家」一九八四年第十二期	新地版「繫在皮繩扣上的魂」（76.12.）	滿族作家
王蒙	風箏飄帶		國際文化版「空巢」（76.9.）	
	春之聲	「人民文學」一九八〇年第五期	（香港）藝術版「中國大陸當代小說選——短篇㈠」（76.10.8.）	獲一九八〇年「全國優秀短篇小說獎」
王潤滋	賣蟹	「山東文學」一九八〇年第十期	（香港）藝術版「中國大陸當代小說選——短篇㈡」（76.10.8.）	獲一九八〇年「全國優秀短篇小說獎」
王毅	不該將兄吊起來		「聯合文學」第三十期（76.4.1.）	

牛正寰	風雪茫茫	「甘肅文學」一九八〇年第二期	「文季」雙月刊第八期（73.7.） 新地版「靈與肉」（73.9.）	
仇學寶	我是來當兒子的		「聯合文學」第十四期（74.12.1.）	
扎西達娃	繫在皮繩扣上的魂	「西藏文學」一九八五年第一期	時報版「世界中文小說選」上冊（76.10.16.） 新地版「繫在皮繩扣上的魂」（76.12.）	藏族作家
	在河灘	「西藏文學」一九八四年第一期	新地版「繫在皮繩扣上的魂」（76.12.）	
戈阿千	金翅大鵬	「民族文學」一九八四年第十一期	新地版「夜空，也有兩隻眼睛」	納西族作家
古華	貞女——愛鵝灘故事		希代版「貞女」（76.7.）	據香港香江出版公司一九八七年版翻印
	「九十九堆」禮俗		希代版「貞女」（76.7.）	
	霧界山傳奇		希代版「貞女」（76.7.）	
	爬滿青籐的木屋	「十月」一九八一年第二期	（香港）藝術版「中國大陸當代小說選——短篇㈢」（76.10.8.）	獲一九八一年「全國優秀短篇小說獎」
	議價魚		「人間」雜誌二十六期（76.12.5.）	
	綠園人員		「人間」雜誌二十六期（76.12.5.）	

	第三者		「人間」雜誌二十六期（76.12.5.）	
	芙蓉鎮（長篇）		「人間副刊」77.1.21.「大地副刊」77.1.22.～連載中	
	大院小景三章——獻給改革者（中篇）		「時代副刊」77.4.24.～5.1.	本文之一「綠園人員」，「人間」雜誌已刊登過。
甘鐵生	人不是含羞草		新地版「人不是含羞草」（76.9.）	
史鐵生	命若琴弦		「人間副刊」76.9.19.～20.時報版「世界中文小說選」上冊（76.10.16.）	
	我的遙遠的清平灣	「青年文學」一九八三年第一期	國際文化版「空巢」（76.9.）	獲一九八三年「全國優秀短篇小說獎」
	山頂上的傳說（中篇）		（香港）藝術版「插隊的故事」（77.3.15.）	
	插隊的故事（中篇）		（香港）藝術版「插隊的故事」（77.3.15.）	
	黑黑（中篇）		（香港）藝術版「插隊的故事」（77.3.15.）	
白雪林	藍幽幽的峽谷	「草原」一九八四年第十二期	新地版「岸上的秋天」（76.12.）	蒙古族作家

冰心	空巢	「北方文學」一九八〇年第四期	國際文化版「空巢」（76.9.）	獲一九八〇年「全國優秀短篇小說獎」
江浩	冷酷的額倫索克雪谷	「現代作家」一九八四年第五期	（香港）藝術版「中國當代小說選——短篇(一)」（76.10.8.） 新地版「繫在皮繩扣上的魂」（76.12.）	滿族作家
朱曉平	桑樹坪紀事（中篇）		（香港）藝術版「大陸中篇小說(四)之鬈毛」（77.3.25.）	
艾扎	愛，溢滿了紅河谷		新地版「夜空，也有兩隻眼睛」（76.12.）	哈尼族作家
艾克拜爾·米吉提	金色的秋葉	「萌芽」一九八四年第五期	新地版「岸上的秋天」（76.12.）	哈薩克族作家
何士光	鄉場上	「人民文學」一九八〇年第八期	新地版「人不是含羞草」（76.9.）	獲一九八〇年「全國優秀短篇小說選」
何立偉	白色鳥		國際文化版「空巢」（76.9.） 「聯合文學」第30期（76.4.1.）	
	花非花		圓神版「中國大陸現代小說選」輯一（76.9.）	
何洛	八十年代的阿Q		「聯合文學」第八期（74.6.1.）	
吾拉孜罕·阿合麥德	拉赫木拜	「新疆民族文學」一九八四年第五期	新地版「岸上的秋天」（76.12.）	哈薩克族作家

岑獻青	浮橋		新地版「夜空，也有兩隻眼睛」（76.12.）	壯族作家
那守箴	水調歌頭		新地版「繫在皮繩扣上的魂」（76.12.）	滿族作家
李存葆	高山下的花環（中篇小說選段）	「十月」雙月刊一九八二年第六期	「聯合文學」第九期（74.7.1.）	獲第二屆（一九八一－一九八二）「全國優秀中篇小說獎」
李克威	紅方塊		「聯合文學」第二十五期（75.11.1.）	
李杭育	最後一個漁佬兒		洪範版「閣樓」（76.11.）	
李淮（準）	王結實		「文季」雙月刊第五期（73.1.）	蒙古族作家
	芒果	「人民文學」一九八〇年九月號	新地版「靈與肉」（73.9.） 新地版「人不是含羞草」（76.9.）	
	瓜棚風月		新地版「岸上的秋天」（76.12.）	一九八四年七月
李惠薪	另一種女強人		新地版「愛，是不能忘記的」（76.3.）	
李傳鋒	牧雞奴——獵狗獅毛的故事		新地版「夜空，也有兩隻眼睛」（76.12.）	土家族作家
李銳	眼石		「聯合文學」第三十四期（74.8.1.）	一九八三年五月

李　　曉	屋頂上的青草	「十月」雙月刊一九八六年第六期	希代版「甦醒的春天」（76.10.） 「聯合文學」第三十六期（76.10.）	
汪曾祺	黃油烙餅		「文季」雙月刊第三期（72.8.） 新地版「靈與肉」（73.9.）	
	復仇		「聯合文學」第三十一期（76.5.1.） 新地版「寂寞與溫暖」（76.9.）	一九四四年作品
	受戒		「聯合文學」第三十一期（76.5.1.） 新地版「寂寞和溫暖」（76.9.） 國際文化版「受戒」（76.9.） （香港）藝術版「中國大陸當代小說選——短篇(一)」（76.10.8.）	
	大淖記事	「北京文學」一九八一年第四期	「聯合文學」第三十一期（76.5.1.） 新地版「寂寞和溫暖」（76.9.）	獲一九八一年「全國優秀短篇小說獎」

陳小手	「聯合文學」第三十一期(76.5.1.)	
詹大胖子	「聯合文學」第三十一期(76.5.1.)	
八月驕陽	「聯合文學」第三十一期(76.5.1.)	
老魯	新地版「寂寞和溫暖」(76.9.)	一九四五年作品
落魄	新地版「寂寞和溫暖」(76.9.)	一九四六年作品
雞鴨名家	新地版「寂寞和溫暖」(76.9.)	一九四七年作品
看水	新地版「寂寞和溫暖」(76.9.)	一九六二年七月作品
王全	新地版「寂寞和溫暖」(76.9.)	一九六二年五月作品
安樂居	「聯合文學」第三十五期(76.9.1.)	
塞下人物記	新地版「寂寞和溫暖」(76.9.)	
異秉	新地版「寂寞和溫暖」(76.9.) 時報版「世界中文小說選」上冊(76.10.16.)	
歲寒三友	新地版「寂寞和溫暖」(76.9.)	
寂寞和溫暖	新地版「寂寞和溫暖」(76.9.)	
七里茶坊	新地版「寂寞和溫暖」(76.9.) 「聯合文學」第四十二期(77.4.1.)	

	八千歲		「人間副刊」76.11.25—26.	
	故里三陳		「人間」雜誌第二十六期(76.12.5.)	
	金冬心		「人間副刊」77.2.29.	
卓·格赫	拯救		新地版「岸上的秋天」(76.12.)	蒙古族作家
周克芹	勿忘草	「四川文學」一九八〇年第四期	(香港)藝術版「中國大陸當代小說選—短篇(三)」(76.10.8.)	獲一九八〇年「全國優秀短篇小說獎」
宗璞	弦上的夢	「人民文學」一九七八年第十二期	國際文化版「受戒」(76.9.)	獲一九七八年「全國優秀短篇小說獎」
	魯魯		(香港)藝術版「中國當代小說選—短篇(二)」(76.10.8.)	
舍·尤素夫	夜空，也有兩隻眼睛	「民族文學」一九八四年第十二期	新地版「夜空，也有兩隻眼睛」(76.12.)	東鄉族作家
阿里木	尼牙孜罕老婆婆	「新疆文學」一九八四年第七期	新地版「岸上的秋天」(76.12.)	維吾爾族作家
阿城	棋王(中篇)	「上海文學」一九八四年七月號	「聯合文學」第十九期(75.5.1.) 新地版「棋王 樹王 孩子王」(75.8.) 海風版「阿城小說」(77.1.)	獲一九八四年「全國優秀中篇小說獎」

			光復版「鍾阿城」(77.1.)	列入「當代世界小說家讀本」
	樹王(中篇)		「聯合文學」第二十一期(75.7.1.) 新地版「棋王 樹王 孩子王」(75.8.) 希代版「海峽小說一九八六」(76.2.) 海風版「阿城小說」(77.1.) 光復版「鍾阿城」(77.1.)	
	孩子王(中篇)		「自立副刊」75.8.14.~28. 新地版「棋王 樹王 孩子王」(75.8.) 「聯合文學」第二十三期(75.9.1.) 爾雅版「七十五年短篇小說選」(76.3.10.) 海風版「阿城小說」(77.1.) 光復版「鍾阿城」(77.1.)	
	會餐		新地版「棋王 樹王 孩子王」(75.8.) 「聯合文學」第二十三期(75.9.1.) (香港)藝術版「中國大陸當	

			代小說選——短篇(一)」(76.10.8.) 海風版「阿城小說」(77.1.) 光復版「鍾阿城」(77.1.)
	樹樁		新地版「棋王　樹王　孩子王」(75.8.) 「聯合文學」第二十三期(75.9.1.) 海風版「阿城小說」(77.1.) 光復版「鍾阿城」(77.1.)
	周轉		海風版「阿城小說」(77.1.) 光復版「鍾阿城」(77.1.)
	臥舖		海風版「阿城小說」(77.1.) 光復版「鍾阿城」(77.1.)
	傻子		海風版「阿城小說」(77.1.) 光復版「鍾阿城」(77.1.)
	迷路		海風版「阿城小說」(77.1.) 光復版「鍾阿城」(77.1.)
	遍地風流		「人間副刊」76.7.19.~20. 時報版「世界中文小說選」上冊(76.10.16.) 光復版「鍾阿城」(77.1.) 希代版「海峽散文一九八七」(77.3.)

金　河	大車店一夜		（香港）藝術版「中國大陸當代小說選——短篇(三)」（76.10.8.）	獲一九八一年遼寧省優秀文學獎
哀仁琮	挫折	「民族文學」一九八四年第六期	新地版「岸上的秋天」（76.12.）	侗族作家
哈斯巴圖爾	假鹿		新地版「夜空，也有兩隻眼睛」（76.12.）	達斡爾族作家
洛松旺堆	花活佛	「醜小鴨」一九八四年第五期	新地版「繫在皮繩扣上的魂」（76.12.）	藏族作家
洪　峰	生命之流		「聯合文學」第三十期（76.4.1.）	
眉　毛	女高中生		圓神版「中國大陸現代小說選輯二」（76.9.）	
祖　慰	性的獨白（長篇）	原書名「冬夏春的複調」	希代版「性的獨白」（76.7.）	
	在濃縮的人群中		「自立副刊」77.1.12.	
	蛇仙		「自由副刊」77.4.15.～16.	
唐　婕	無事生非		「聯合文學」第四〇期（76.2.1.）	
孫建忠	留在記憶裡…（中篇）	原名「留在記憶裡的故事」	「聯合副刊」76.12.21.～25.	獲一九八一年第一次「全國少數民族中篇小說創作獎」
	雲裡，霧裡		新地版「夜空，也有兩隻眼睛」（76.12.）	土家族作家

徐光興	槍口		「自立晚報」大眾小說版77.1.23.	「微型中國」大陸極短篇選刊
徐星	無主題變奏		圓神版「中國大陸現代小說選」輯一（76.9.）	
	城市的故事		圓神版「中國大陸現代小說選」輯二（76.9.）	
徐懷中	那淚汪汪的一對杏核兒眼		（香港）藝術版「中國當代小說選——短篇㈡」76.10.8.	
殷京生	老槐樹下的小院兒（中篇）		「聯合文學」第三十五期（76.9.1.）	
海濤	遠方，水的傳說		新地版「夜空，也有兩隻眼睛」（76.12.）	仫佬族作家
烏熱爾圖	七岔犄角的公鹿	「民族文學」一九八三年第五期	（香港）藝術版「中國大陸當代小說選——短篇㈢」（76.10.8.）	獲一九八二年「全國優秀短篇小說獎」
	越過克波河		新地版「夜空，也有兩隻眼睛」（76.12.）	鄂溫克族作家
航鷹	東方女性	「上海文學」一九八三年第八期	敦理版「掙不斷的紅絲線」（76.10.）	
	前妻		「聯合副刊」77.1.20.—23.	
茹志鵑	兒女情	「上海文學」一九八〇年一月	國際文化版「受戒」（76.9.）	
馬建	女人藍（「亮出你的舌苔或空空蕩蕩」第一單元）	「人民文學」一九八七年一、二期合刊	「人間副刊」76.3.5.	

金塔（「亮出你的舌苔或空空蕩蕩」之④）		「人間副刊」76.4.2.	
伸出你的舌苔或空空蕩蕩		「人間」雜誌第二十一期（76.7.） 教理版「掙不斷的紅絲線」（76.10.） 希代版「甦醒的春天」（76.10.）節選 海風版「你拉狗屎」（77.1.）	
你拉狗屎	「天涯」八六三期，原題為「海潮」，被改為「海潮啊海潮」	海風版「你拉狗屎」（77.1.）	
壩上	「小說導報」一九八五年第四期	海風版「你拉狗屎」（77.1.）	
最後的雨	「北方文學」一九八五年第十期	海風版「你拉狗屎」（77.1.）	
陰陽		海風版「你拉狗屎」（77.1.）	一九八五年完稿
白果	「北京文學」一九八六年第二期	海風版「你拉狗屎」（77.1.）	
貞女	「特區文學」一九八六年第三期	海風版「你拉狗屎」（77.1.）	
睫毛		海風版「你拉狗屎」（76.1.）	首度發表
咢		海風版「你拉狗屎」（77.1.）	
錯誤	「收穫」一九八七年第一期	海風版「你拉狗屎」（77.1.）	

馬烽	結婚現場會	「人民文學」一九八〇年第一期	（香港）藝術版「中國大陸當代小說選—短篇(二)」（76.10.8.）	獲一九八〇年「全國優秀短篇小說獎」
馬嶺	吳老好送禮		「聯合文學」第八期（74.6.1.）	
高曉聲	錢包		新地版「愛，是不能忘記的」（76.3.） （香港）藝術版「中國大陸當代小說選——短篇(三)」（76.10.8.）	
	陳奐生上城	「人民文學」一九八〇年第二期	新地版「愛，是不能忘記的」（76.3.）	獲一九八〇年「全國優秀短篇小說獎」
	跌跤姻緣		國際文化版「空巢」（76.9.） 新地版「極其麻煩的故事」（76.9.）	
	杭家溝		新地版「極其麻煩的故事」（76.9.）	
	極其麻煩的故事		新地版「極其麻煩的故事」（76.9.）	
	銓根老漢		新地版「極其麻煩的故事」（76.9.）	
	陳繼根的癖		新地版「極其麻煩的故事」（76.9.）	

	荒池岸邊柳枝春（中篇）		新地版「極其麻煩的故事」（76.9.）	
	送田		「聯合文學」第四〇期（77.2.1.）	
	周華英求職		「自由副刊」77.3.11～12.	
問彬	心祭	「當代」雜誌一九八二年第二期	敦理版「掙不斷的紅絲線」（76.10.）	
常青	龜（中篇）		（香港）藝術版「大陸中篇小說(三)之紅蝗」（77.3.15.）	
張一弓	春妞兒和她的小戛斯（中篇）		（香港）藝術版「大陸中篇小說(一)之美食家」（76.12.15.）	獲第三屆（一九八三—一九八四）「全國優秀中篇小說獎」
張石山	钁炳韓寶山	「汾水」一九八〇年第八期	新地版「人不是含羞草」（76.9.）	獲一九八〇年「全國優秀短篇小說獎」
張辛欣	在路上（節選）	「收穫」雜誌一九八六年第一期，香港南粵出版社（一九八七、五）	「人間副刊」76.10.18—22.	紀實小說
	我們這個年紀的夢	「收穫」一九八二年第四期	新地版「我們這個年紀的夢」（77.2.）	
	劇場效果	「北京文學」一九八三年第四期	新地版「我們這個年紀的夢」（77.2.）	
	浮土	「上海文學」一九八三年第六期	新地版「我們這個年紀的夢」（77.2.）	

張抗抗	瘋狂的君子蘭	「文匯月刊」一九八三年第九期	新地版「我們這個年紀的夢」（77.2.）	
	最後的停泊地	「中國作家」一九八五年第一期	新地版「我們這個年紀的夢」（77.2.）	
	玩一回做賊的遊戲	「鐘山」一九八七年第一期	新地版「我們這個年紀的夢」（77.2.）	
張抗抗	白罌粟		新地版「人不是含羞草」（76.9.） 國際文化版「空巢」（76.9.）	
張林	大錢餃子		「自立晚報」大眾小說版（77.2.2.）	「微型中國」大陸極短篇選刊
張弦	被愛情遺忘的角落	「上海文學」一九八〇年第一期	新地版「人不是含羞草」（76.9.） 國際文化版「受戒」（76.9.） （香港）藝術版「中國大陸當代小說選——短篇(一)」（76.10.8.）	獲一九八〇年「全國優秀短篇小說獎」
	掙不斷的紅絲線	「上海文學」一九八一年第六期	「聯合文學」第五期(74.3.1.) 敦理版「掙不斷的紅絲線」	
張波	鴿子・鴿子		（76.10.） 洪範版「閣樓」（76.11.）	一九八七年五月
張承志	輝煌的波馬	「民族文學」一九八六年八月	時報版「世界中文小說選」上	

		號	冊（76.10.16.）	
	九座宮殿		洪範版「紅高粱」（76.11.）	一九八五年二月
	黑駿馬（中篇）	「十月」一九八二年第六期	新地版「北方的河」（76.12.）	獲第二屆（一九八一－一九八二）「全國優秀中篇小說獎」
	大坂		新地版「北方的河」（76.12.）	一九八二年七月
	北方的河（中篇）	「十月」一九八四年第一期	新地版「北方的河」（76.12.）	
	三岔戈壁	「中國西部文學」一九八五年第十一期	新地版「北方的河」（76.12.）	
張曼凝	生命	「人民文學」一九八六年第十一期	「聯合文學」第三十六期（76.10.）	
張煒	聲音	「山東文學」一九八二年第五期	（香港）藝術版「中國大陸當代小說選——短篇(二)」（76.10.8.）	獲一九八二年「全國優秀短篇小說獎」
張潔	愛，是不能忘記的	「北京文藝」一九七九年十一月	新地版「愛，是不能忘記的」（76.3.） 國際文化版「受戒」（76.9.） （香港）藝術版「中國大陸當代小說選—短篇(一)」（76.10.8.） 教理版「掙不斷的紅絲線」（76.10.）	
張賢亮	邢老漢和狗的故事		「文季」雙月刊第四期（72.11.） 「光華」雜誌73年4月節錄轉載	

	靈與肉	「朔方」一九八〇年第九期	新地版「靈與肉」（73.9.） 「文季」雙月刊第七期（73.5.） 新地版「靈與肉」（73.9.）	
	男人的一半是女人（中篇）		文經版「男人的一半是女人」（76.2.） 遠景版「男人的一半是女人」（77.1.）	
	綠化樹（中篇）	「十月」一九八四年第二期	躍昇版「感情的歷程」（77.3.） 新地版「綠化樹」（76.3.）	
	河的子孫（中篇）		躍昇版「感情的歷程」（77.3.） 林白版「肖爾布拉克」（76.9.15.）	
	肖爾布拉克	「文匯」月刊一九八三年第二期	林白版「肖爾布拉克」（76.9.15.）	獲一九八三年「全國優秀短篇小說獎」
	壟上秋色		林白版「肖爾布拉克」（76.9.15.）	
	土牢情話（中篇）	「十月」一九八一年第一期	林白版「土牢情話」（76.10.2.）	
	龍種（中篇）	「當代」一九八一年第五期	林白版「土牢情話」（76.10.2.）	
	夕陽		林白版「土牢情話」（76.10.2.）	
	初吻		（香港）藝術版「中國大陸當代小說選—短篇㈠」（76.10.8.） 躍昇版「感情的歷程」（77.3.）	
	早安・朋友（長篇）		「自由副刊」76.11.4.—77.2.20.	

曹宇	早安，太陽		遠景版「早安・朋友」（76.12.） 圓神版「中國大陸現代小說選」輯二（76.9.）	
梁曉聲	這是一片神奇的土地	「北方文學」一九八二年第八期	國際文化版「空巢」（76.9.）	獲一九八二年「全國優秀短篇小說獎」
莫言	枯河		「聯合文學」第三○期（76.4.1.）	一九八五年三月
	民間音樂		新地版「透明的紅蘿蔔」（76.9.）	一九八三年一月
	三匹馬		新地版「透明的紅蘿蔔」（76.9.）	一九八三年十月
	大風		新地版「透明的紅蘿蔔」（76.9.）	一九八四年九月
	透明的紅蘿蔔（中篇）		新地版「透明的紅蘿蔔」（76.9.）	一九八四年十一月
	秋水		新地版「透明的紅蘿蔔」（76.9.）	一九八五年四月
	白狗鞦韆架		新地版「透明的紅蘿蔔」（76.9.）	一九八五年四月
	爆炸（中篇）		時報版「世界中文小說選」上冊（76.10.16.）	一九八五年四月

	金髮嬰兒（節選）	「鐘山」一九八五年第五期	新地版「透明的紅蘿蔔」（76.9.） 教理版「掙不斷的紅絲線」（76.10.）	
	紅高粱（中篇）		洪範版「紅高粱」（76.11.）	一九八六年三月
	紅蝗（中篇）		（香港）藝術版「大陸中篇小說(三)之紅蝗」（77.3.15.）	
	貓事薈萃（中篇）		「時代副刊」77.3.11.～24.（3月22日連載暫停一次）	
莫應豐	駝背的竹鄉		「聯合文學」第三〇期（76.4.1.）	
	竹葉子		新地版「人不是含羞草」（76.9.）	
陳村	一個人死了		「聯合文學」第三〇期（76.4.1.）	回族作家
	一天		洪範版「紅高粱」（76.11.）	
陳亨初	提升報告		「聯合文學」第三〇期（76.4.1.）	
陳放	聖賢塔的倒塌		圓神版「中國大陸現代小說選輯一」（76.9.）	
陳建功	蓋棺		新地版「愛，是不能忘記的」（76.3.）	
	轆轤把胡同九號		「人間副刊」76.9.21.～23. 時報版「世界中文小說選」上	

			冊（76.10.16.）	
	飄逝的花頭巾	「北京文學」一九八一年第六期	國際文化版「空巢」（76.9.）	獲一九八一年「全國優秀短篇小說獎」
陸文夫	鬈毛（中篇）		（香港）藝術版「大陸中篇小說四之鬈毛」（77.3.25.）	
	萬元戶		「文季」雙月刊第十一期（74.6.）	
	美食家（中篇）		（香港）藝術版「大陸中篇小說㈠之美食家」（76.12.15.）	
陸昭環	雙鐲		「聯合文學」第三十四期（74.8.1.）	
			希代版「甦醒的春天」（76.10.）	
喬典運	無字碑		「聯合文學」第三十期（76.4.1.）	
景宜	岸上的秋天		新地版「岸上的秋天」（76.12.）	白族作家
普飛	山寨，苦甜苦甜		新地版「夜空，也有兩隻眼睛」（76.12.）	彝族作家
殘雪	山上的小屋		「聯合文學」第三十期（76.4.1.）	
			圓神版「黃泥街」（76.9.）	
	黃泥街（中篇）		圓神版「黃泥街」（76.9.）	

程乃珊	天窗		圓神版「黃泥街」(76.9.)	
	公牛		圓神版「黃泥街」(76.9.)	
	約會		圓神版「黃泥街」(76.9.)	
	天堂裡的對話		圓神版「黃泥街」(76.9.)	
	蒼老的浮雲		圓神版「黃泥街」(76.9.)	
	藍屋(中篇)	「鐘山」一九八三年第四期	新地版「藍屋」(77.2.)	獲上海文學和首屆「鐘山文學」獎
	女兒經(中篇)	「文匯月刊」一九八五年第三期	新地版「藍屋」(77.2.)	獲一九八五年首屆上海青年「敦煌」文學大獎
	茫茫人海	「女作家」一九八六年第一期	新地版「藍屋」(77.2.)	
程中	沒有說完的故事		「聯合文學」第二十二期(75.8.1.)	
賀子壯	噓,別開窗		「聯合文學」第四〇期(77.2.1.)	
馮苓植	虬龍爪——鳥如其主(中篇)		(香港)藝術版「大陸中篇小說(二)之虬龍爪」(76.12.15.)	
馮驥才	雕花煙斗	「當代」一九七九年第二期	新地版「在早春的日子裡」(76.9.)	獲一九七九年「全國優秀短篇小說獎」
			林白版「高女人和她的矮丈夫」(77.2.10.)	
	啊!(中篇)	「收穫」一九七九年第六期	新地版「義大利小提琴」(76.	獲「全國優秀中

			9.）	篇小說（一九七七－一九八〇）獎」
	三十七度正常		敦理版「啊！」（76.10.） 林白版「高女人和她的矮丈夫」（77.2.10.） 新地版「在早春的日子裡」（76.9.）	一九八〇年一月
	在早春的日子裡		林白版「高女人和她的矮丈夫」（77.2.10.） 新地版「在早春的日子裡」（76.9.）	一九八〇年二月
	逛娘娘宮		林白版「高女人和她的矮丈夫」（77.2.10.） 新地版「在早春的日子裡」（76.9.） 敦理版「啊！」（76.10.）	一九八一、四、二十六
	匈牙利腳踏車		林白版「高女人和她的矮丈夫」（77.2.10.） 敦理版「啊！」（76.10.）	一九八一年五月三日
	義大利小提琴		新地版「義大利小提琴」（76.9.）	一九八一年五月十八日
	霧中人		新地版「義大利小提琴」（76.9.）	一九八二年八月十二日

高女人和她的矮丈夫		敦理版「啊！」（香港）藝術版「中國當代小說選—短篇㈠」（76.10.8.）敦理版「啊！」（76.10.）林白版「高女人和她的矮丈夫」（77.2.10.）	一九八二年八月
老夫老妻		新地版「義大利小提琴」（76.9.）林白版「高女人和她的矮丈夫」（77.2.10.）	
走進暴風雨		新地版「在早春的日子裡」（76.9.）	
陌客		新地版「在早春的日子裡」（76.9.）林白版「高女人和她的矮丈夫」（77.2.10.）	
雪來夜客	「收穫」一九八四年第二期	林白版「高女人和她的矮丈夫」（77.2.10.）	
臨街的窗	「小說家」一九八五年第三期	林白版「高女人和她的矮丈夫」（77.2.10.）	
船歌		林白版「高女人和她的矮丈夫」（77.2.10.）	一九八六年六月六日
燭光		林白版「高女人和她的矮丈夫」（77.2.10.）	

黃蓓佳	在那個炎熱的夏天	「文匯」月刊一九八三年第七期	敦理版「掙不斷的紅絲線」（76.10.）	
黃慶	衝突		「人間副刊」76.2.20～21.	
黃獻國	遠東黑河谷（中篇）		（香港）藝術版「大陸中篇小說㈢之紅蝗」（77.3.15.）	
意西澤仁	想不到的事	「西藏文學」一九八四年第六期	新地版「繫在皮繩扣上的魂」（76.12.）	藏族作家
楊志軍	環湖崩潰（長篇）		「台北評論」創刊號（76.9.1.）、第二期（76.11.1.）、第四期（77.3.1.）	
楊爭光	鬼地上的月光	「中國」一九八六年底	「聯合文學」第三十四期（77.8.1.） 希代版「甦醒的春天」（76.10.）	大陸「性禁區」文學特輯
楊絳	「玉人」	「倒影集」（一九八〇年香港文學研究社出版）	「聯合文學」第三十八期（76.12.1.）	一九七八年作品
葉之蓁	牛報		「聯合文學」第三十期（76.4.1.）	
葉文玲	心香	「當代」一九八〇年第二期	新地版「愛，是不能忘記的」（76.3.） （香港）藝術版「中國大陸當	獲一九八〇年「全國優秀短篇小說獎」；「當代」雜誌榮譽獎

			代小說選——短篇(二)」(76.10.8.)	
葉爾克西・庫爾班別科娃	額爾齊斯河小調	「民族文學」一九八四年第九期	新地版「岸上的秋天」(76.12.)	哈薩克族作家
葉蔚林	五個女子和一根繩子		洪範版「閣樓」(76.11.)	一九八五年六月
葉曙明	環蝕		「台北評論」第2期(76.11.1.) 希代版「海峽小說一九八七」(77.3.)	一九八七年作品
	空城		「台北評論」第2期(76.11.1.)	一九八七年作品
	一個分裂的音符		「台北評論」第2期(76.11.1.)	一九八七年作品
賈平凹	鬼城		「聯合文學」第十期(74.8.1.)	
	冰炭——班長、演員和女人的故事		「聯合文學」第十二期(74.10.1.)	
	黑氏	「人民文學」一九八五年第十期	「聯合文學」第三十四期(74.8.1.) 敦理版「掙不斷的紅絲線」(76.10.) 希代版「甦醒的春天」(76.10.) 林白版「天狗」(77.3.20.)	大陸「性禁區」文學特輯

	雞窩窪的人家（中篇）		（香港）藝術版「大陸中篇小說(二)之虬龍爪」（76.12.15.）	
	水意		「聯合文學」第四十期（77.2.1.）	
達理	天狗（中篇）		林白版「天狗」（77.3.20.）	「達理」係馬大京、陳愉慶夫婦共用的筆名
	故里（中篇）		林白版「天狗」（77.3.20.）	
	除夕夜	「人民文學」一九八三年第五期	（香港）藝術版「中國大陸當代小說選——短篇(二)」（76.10.8.）	獲一九八三年「全國優秀短篇小說獎」
遇羅錦	在中國大陸，一個結過三次婚的女人自述（長篇摘錄）		「聯合副刊」75.5.1～8.12.	
	愛的呼喚—在中國大陸，一個結過三次婚的女人的自述		皇冠版「愛的呼喚」（76.3.）	
	春天的童話（節錄）	「花城」雙月刊一九八二年第一期	「聯合文學」第二十期（75.6.1.）	節錄原文第三章一至六節
靳凡	公開的情書（中篇）		「文星」一〇七～一一四期（76.5.1.～76.12.1.）	
瑪拉沁夫	活佛的故事	「人民日報」一九八〇年七月十二日	新地版「愛，是不能忘記的」（76.3.）	獲一九八〇年「全國優秀短篇小說獎」

			國際文化版「空巢」(76.9.)	蒙古族作家
趙大年	女幫辦	「作家」一九八四年第三期	新地版「繫在皮繩扣上的魂」(76.12.)	滿族作家
趙本夫	賣驢	「鐘山」一九八一年第二期	(香港)藝術版「中國大陸當代小說選——短篇(三)」(76.10.8.)	獲一九八一年「全國優秀短篇小說獎」
趙繼康	我和我的老同學——回顧生死存亡的年代		「聯合文學」二十二期(75.8.1.)	
鄧友梅	那五(摘錄)	「北京文學」一九八二年第四期	「人間副刊」76.9.7.∫9.	全文共13節，摘錄第5至10節獲第二屆(一九八一—一九八二)「全國優秀中篇小說獎」
	話說陶然亭	「北京文藝」一九七九年第二期	國際文化版「受戒」(76.9.)	獲一九七九年「全國優秀短篇小說獎」
	尋訪「畫兒韓」		(香港)藝術版「中國大陸當代小說選——短篇(三)」(76.10.8.)	
劉心武	五・一九長鏡頭		圓神版「中國大陸現代小說選」輯一(76.9.)	
	公共汽車咏嘆調		圓神版「中國大陸現代小說選」輯二(76.9.)	

	我愛每一片綠葉	「人民文學」一九七九年第六期	國際文化版「受戒」(76.9.) (香港)藝術版「中國大陸當代小說選——短篇㈢」(76.10.8.)	獲一九七九年「全國優秀短篇小說獎」
	她有一頭披肩髮		林白版「她有一頭披肩髮」(77.4.10.)	
	黑牆		林白版「她有一頭披肩髮」(77.4.10.)	
	木變石戒指		林白版「她有一頭披肩髮」(77.4.10.)	
	如意(中篇)		林白版「她有一頭披肩髮」(77.4.10.)	
	立體交叉橋(中篇)	「十月」一九八一年第二期	林白版「她有一頭披肩髮」(77.4.10.)	
	無盡的長廊(中篇)		林白版「她有一頭披肩髮」(77.4.10.)	
劉青	白色的路		「文季」雙月刊第6期(73.3.) 新地版「靈與肉」(73.9.)	
劉桓	狗日的糧食	「中國」一九八六年底	「聯合文學」第三十四期(76.8.1.)	大陸「性禁區」文學特輯

劉索拉	多餘的故事	「收穫」一九八六年第二期	希代版「甦醒的春天」（76.10.） 「聯合文學」第三十期（76.4.1.） 新地版「你別無選擇」（77.2.）	
	藍天綠海	「上海文學」一九八五年第六期	圓神版「中國大陸現代小說選輯一」（76.9.） 新地版「你別無選擇」（77.2.）	
	你別無選擇	「人民文學」一九八五年第三期	新地版「你別無選擇」（77.2.）	
	尋找歌王	「鐘山」一九八六年第一期	新地版「你別無選擇」（77.2.）	
	最後一隻蜘蛛	「北京文學」一九八六年第十期	新地版「你別無選擇」（77.2.）	
	跑道	「人民文學」一九八七年一、二期合刊	新地版「你別無選擇」（77.2.）	
劉賓雁	警告		新地版「人不是含羞草」（76.9）	
蔣子龍	喬廠長上任記	「人民文學」一九七九年第七期	國際文化版「受戒」（76.9）	獲一九七九年「全國優秀短篇小說獎」
	一個工廠祕書的日記	「新港」一九八〇年第五期	（香港）藝術版「中國大陸當	獲一九八〇年「

鄧剛	陣痛	「鴨綠江」一九八三年第四期	代小說選—短篇(一)上」(76.10.8) 國際文化版「空巢」(76.9)	全國優秀短篇小說獎」 獲一九八三年「全國優秀短篇小說獎」
	迷人的海(中篇)		(香港)藝術版「大陸中篇小說(二)之虬龍爪」(76.12.15)	獲第三屆(一九八三—一九八四)「全國優秀中篇小說獎」
鄭萬隆	龍兵過		(香港)藝術版「中國大陸當代小說選—短篇(二)」(76.10.8)	
	全是真事		洪範版「閣樓」(76.11)	
	老棒子酒館(異鄉異聞之二)		「聯合文學」第三十期(76.4.1) (香港)藝術版「有人敲門」(76.12.25)	
	狗頭金		新地版「我的光」(76.12) 時報版「世界中文小說選」上冊(76.10.16)	
	陶罐		新地版「我的光」(76.12) 洪範版「紅高粱」(76.11)	
	老馬(異鄉異聞之一)		新地版「我的光」(76.12) (香港)藝術版「有人敲門」(76.12.25)	

	黃煙(異鄉異聞之三)		(香港)藝術版「有人敲門」(76.12.25)	
	空山(異鄉異聞之四)		(香港)藝術版「有人敲門」(76.12.25) 新地版「我的光」(76.12)	
	野店(異鄉異聞之五)		(香港)藝術版「有人敲門」(76.12.25) 新地版「我的光」(76.12)	
	峽谷(異鄉異聞之六)		(香港)藝術版「有人敲門」(76.12.25) 新地版「我的光」(76.12)	
	有人敲門		(香港)藝術版「有人敲門」(76.12.25)	
	大冰坨子		(香港)藝術版「有人敲門」(76.12.25)	
	絕響		(香港)藝術版「有人敲門」(76.12.25)	
	有核桃樹的小院		(香港)藝術版「有人敲門」(76.12.25)	
	腦震盪		(香港)藝術版「有人敲門」(76.12.25)	
	遠雷		(香港)藝術版「有人敲門」(76.12.25)	
	花蛋糕		(香港)藝術版「有人敲門」(76.12.25)	

	反光		（香港）藝術版「有人敲門」（76.12.25）	
	終極		（香港）藝術版「有人敲門」（76.12.25）	
	同構		（香港）藝術版「有人敲門」（76.12.25）	
	世紀之交		（香港）藝術版「有人敲門」（76.12.25）	
	五十九歲		（香港）藝術版「有人敲門」（76.12.25）	
	鐘		新地版「我的光」（76.12）	
	二塊瓦的小廟		新地版「我的光」（76.12）	
	火跡地		新地版「我的光」（76.12）	
	我的光		新地版「我的光」（76.12）	
	洋瓶子底兒		（香港）藝術版「大陸中篇小說㈣之鬈毛」（77.3.25）	
諶　容	玫瑰色的晚餐		國際文化版「受戒」（76.9）	
	減去十歲		（香港）藝術版「中國當代小說選—短篇㈠」（76.10.8）	
錦雲、王毅	笨人王老大	「北京文學」一九八〇年第七期	新地版「人不是含羞草」	獲一九八〇年「全國優秀短篇小說獎」
鮑　昌	芨芨草	「新港」一九八二年第八期	（香港）藝術版「中國大陸當代小說選—短篇㈠」（76.10.8）	獲一九八二年「全國優秀短篇小說獎」

戴厚英	人啊，人！（長篇）	「青春雜誌」一九八二年第五期	希代版「人啊，人！」（76.1）	
戴舫	挑戰		教理版「掙不斷的紅絲線」（76.10）	
邊玲玲	丹頂鶴的故事		新地版「繫在皮繩扣上的魂」（76.12）	滿族作家
謝魯渤	一個法官的日常生活		圓神版「中國大陸現代小說選」輯二（76.9）	
韓少功	歸去來		「聯合文學」第三十期（76.4.1） 時報版「世界中文小說選」上冊（76.10.16）	
	爸爸爸	「人民文學」一九八五年六月號	「人間」雜誌第二十二期（76.8.1）	
	藍蓋子		圓神版「中國大陸現代小說選」輯二（76.9）	
	風吹嗩吶聲		（香港）藝術版「中國大陸當代小說選——短篇㈢」（76.10.8.）	
	火宅		洪範版「紅高粱」（76.11）	
聶鑫森	梯市		「聯合文學」第三十期（76.4.1）	
鐵凝	啊，香雪	「青年文學」一九八二年第五期	國際文化版「空巢」（76.9） （香港）藝術版「中國大陸當	獲一九八二年「全國優秀短篇小說獎」

作者	篇名	原出處	在台灣出現	備註
			代小說選——短篇㈢」（76.10.8.）	
	麥秸垛	「收穫」雙月刊一九八六年第五期	新地版「沒有鈕扣的紅襯衫」（76.12） 「聯合文學」第三十六期（76.10.1）	作「麥稭垛」
	沒有鈕扣的紅襯衫（中篇）	「十月」一九八三年第二期	新地版「沒有鈕扣的紅襯衫」（76.12） （香港）藝術版「大陸中篇小說㈠之美食家」（76.12.15）	獲第三屆（一九八三—一九八四）「全國優秀中篇小說獎」
			新地版「沒有鈕扣的紅襯衫」（76.12）	
	近的太陽	「人民文學」一九八四年第一期	新地版「沒有鈕扣的紅襯衫」（76.12）	
	銀廟	「人民文學」一九八五年第三期	新地版「沒有鈕扣的紅襯衫」（76.12）	

2. 散文

作者	篇名	原出處	在台灣出現	備註
巴金	懷念蕭珊		聯合報版「悲愴記事」（74.1.）	
	深刻的教育		聯合報版「悲愴記事」（74.1.）	
	「隨想錄」總序	香港三聯版「探索集」（一九八一年四月）	希代版「懷念蕭珊」（76.4.）	

	卷一「隨想錄」（四篇）、卷二「探索集」（五篇）、卷三「真話集」（四篇）、卷四「病中集」（四篇）、卷五「無題集」（六篇）		群倫版「巴金『探索集』」（76.11.30.） 希代版「懷念蕭珊」（76.4.）	
	「隨想錄」三十篇	香港三聯版「隨想錄」（一九七九年十二月）	群倫版「巴金『隨想錄』」（76.10.20.）	
	「探索集」三十篇，附錄一篇	香港三聯版「探索集」（一九八一年四月）	群倫版「巴金『探索集』」（76.11.30.）	
	巴金老人最後的哀鳴——三十年代作家為「隨想錄」五卷本所寫的序		「傳記文學」第三一一期（77.4.）	
王西彥	從牛棚到勞動營——「文革」浩劫中的巴金		「聯合副刊」73.4.12～13. 聯合報版「悲愴記事」（74.1.）	
王若望	飢餓三部曲		聯合報版「悲愴記事」（74.1.）	
	血印——悼念魏金枝		「聯合文學」第七期（74.5.1.）	
	「老右」生涯		「聯合副刊」76.1.25.	

王英琦	向戈壁		希代版「海峽散文一九八七」（77.3.） 「淡水河副刊」76.9.21.	
古華	話說「芙蓉鎮」		「人間副刊」77.1.21.	
李子雲	記柯靈		蘭亭版「香港文學散文選Ⅰ」（77.4.1.）	
吳丹丹	獻給父親一束小白花	香港「明報」月刊一九八七年三月號	希代版「海峽散文一九八七」（77.3.）	
宗璞	恨書		「淡水河副刊」76.11.13.	
林燕珠	寫給大姐——從「城南舊事」到城南舊事		「人間副刊」76.6.27.	
柯興	老舍生前受紅衛兵公審目擊記——一個現場參加者的追憶	「人民鐵道報」一九八六年八月三十一日	「傳記文學」第三十一期（77.4.）	
柯靈	遙寄張愛玲		蘭亭版「香港文學散文選Ⅰ」（77.4.1.）	
唐塔	花的九重塔		「淡水河副刊」76.9.28.	
航鷹	我與書的初緣		「淡水河副刊」76.10.26.	
舒乙	老舍的最後兩天	「收穫」一九八五年第四期	「台灣副刊」75.7.10. 「當代」雜誌第四期（75.8.1.）	發表時改名為「老舍死亡之謎」
斯妤	望月		「淡水河副刊」76.11.5.	
程乃珊	謝謝你，帕克		「淡水河副刊」76.10.5.	
	重遊舊地有感		蘭亭版「香港文學散文選Ⅱ」	

			（77.4.1.）	
陳白塵	憶眸子		「聯合文學」第二期(73.12.1.) 聯合報版「悲愴記事」(74.1.)	
	憶「甲骨文」		「聯合文學」第二期(73.12.1.) 聯合報版「悲愴記事」(74.1.)	
馮亦代	祭戴望舒		蘭亭版「香港文學散文選I」（77.4.1.）	
黃裳	書卷墨痕——黃裳散文六篇（珠還記幸、我的端硯、如夢記、誠則靈、「雅賊」、「危險的行業」）		「聯合文學」第十六期（75.2.1.）	
新鳳霞	恩犬		「當代」第二十一期(77.1.1.)	
楊絳	「幹校」六記		聯合報版「悲愴記事」(74.1.)	
	記錢鍾書與「圍城」		「人間副刊」75.8.17～19.	
	丙午丁未紀事——烏雲與金邊		「聯合副刊」76.4.6～8.	
	錢鍾書寫「圍城」		「聯合文學」第三十八期（76.12.）	
	隱身衣		「人間副刊」（76.6.1）	
葉文玲	溯水走黃龍		「淡水河副刊」76.10.19.	
賈平凹	商州初錄（包括：引言、黑龍口、莽嶺一條溝、桃沖、一對情人、石頭溝裡一位退伍軍人、龍駒寨、摸		林白版「天狗」（77.3.20.）	

	魚捉鱉的人、劉家兄弟、小白菜、一對恩愛夫婦、棣花、屠夫劉川海、白浪街）	
遇羅錦	我的第三次結婚——幸福是人人可以爭取到的	「聯合副刊」75.4.10.
	一切為了愛（節錄）	「聯合文學」第二十期（75.6.1.）
劉再復	慈母頌	蘭亭版「香港文學散文選Ⅱ」（77.4.1.）
劉青峰	致台灣的讀者們	「文星」雜誌第一〇七期（76.5.1.）
劉賓雁	我的自白	「聯合副刊」76.1.18. 時英版「劉賓雁傳奇」（76.3.） 人間版「第二種忠誠」（76.7.）
	被作家遺忘的角落	「聯合副刊」76.1.27.
	自我檢查	時英版「劉賓雁傳奇」（76.3.） 人間版「人血不是胭脂」（76.7.）
	主要危險究竟是右還是左	時英版「劉賓雁傳奇」（76.3.）
	三十年來自由日益縮小	時英版「劉賓雁傳奇」（76.3.）

			人間版「人血不是胭脂」（76. 7.）	
	劉賓雁日記四則		桂冠版「劉賓雁」（76. 7. 20.）	
	我的日記		人間版「人血不是胭脂」（76. 7.）	
	關於「人妖之間」答讀者問		人間版「人血不是胭脂」（76. 7.）	
	「路漫漫其修遠兮」附記		人間版「人血不是胭脂」（76. 7.）	
	時代的召喚		人間版「人血不是胭脂」（76. 7.）	
	路子還可以更寬些		人間版「人血不是胭脂」（76. 7.）	
	人的解放和言論自由		人間版「人血不是胭脂」（76. 7.）	
	但願我生命的衰竭不要來得太快	香港「八方」雜誌（一九八七年十一月）	「人間」雜誌第二十八期（77. 2. 5.）	
潘文彥	豐先生的鬍鬚		蘭亭版「香港文學散文選Ⅰ」（77. 4. 1.）	
端木蕻良	綠色的雲		蘭亭版「香港文學散文選Ⅱ」（77. 4. 1.）	
	找尋		蘭亭版「香港文學散文選Ⅱ」（77. 4. 1.）	
趙家璧	徐志摩託凌叔華寫序		蘭亭版「香港文學散文選Ⅰ」（77. 4. 1.）	

作者	篇名	原出處在台灣出現	備註
趙清閣	母親	蘭亭版「香港文學散文選Ⅱ」（77.4.1.）	
鄧友梅	飲茶閒話	蘭亭版「香港文學散文選Ⅱ」（77.4.1.）	
閻純德	東方的文化騎士——盛成	蘭亭版「香港文學散文選Ⅰ」（77.4.1.）	
錢鍾書	「幹校六記」補記	聯合報版「悲愴記事」（74.1.）	
豐一吟	芭蕉又綠堂前	蘭亭版「香港文學散文選Ⅰ」（77.4.1.）	
羅青	「六個女人的故事」	「淡水河副刊」76.10.29.	
蕭乾	文革雜憶——「文革」浩劫二十年悲愴錄	「聯合副刊」75.9.6.	葉洪生註釋
鐵凝	想起阿爾那張床	「淡水河副刊」（76.10.13.）	

按：西西編「紅高粱」、「閣樓」（76、11），除收入十位作家的小說，亦收入十位作家漫談創作經驗的散文，依次是：張承志「美文的沙漠」、陳村「贅語」、鄭萬隆「我的根」、韓少功「好作品主義」、莫言「天馬行空」、葉蔚林「思想境界及其他」、鄧剛「走向世界的憂鬱」、李杭育「文化」的尷尬、張波「紅舞鞋啊！紅舞鞋」、王安憶「歸去來兮」。

3. 報告文學

作者	篇名	原出處在台灣出現	備註
張辛欣、桑曄	「北京人」選刊（酒干倘賣無、小青工、離民農民、兒子、菸酒不分家、人在	「聯合文學」第二十八期（76.2.）	紀實文學

	山那邊、文憑、小喬，和他歡樂的夥伴們、第三次浪潮、遊旅）星光下的歧路、我，「瓶中的蒼蠅」		「淡水河副刊」76. 9. 18.	「北京人」選刊
	我希望咱們也選美		「淡水河副刊」76. 10. 29.	編者另加副題「六個女人的故事」選自「北京人」
	我錯在不結婚	原題「風紀典範」	「淡水河副刊」76. 10. 30.	編者另加副題「六個女人的故事」選自「北京人」
	有人追我、老娘們兒太自由就壞事		「淡水河副刊」76. 10. 31.	編者另加副題「六個女人的故事」選自「北京人」
	昨夜夢見他	原題「守寡」	「淡水河副刊」76. 11. 1.	編者另加副題「六個女人的故事」選自「北京人」
	買花嗎?買花吧!		「淡水河副刊」76. 11. 2.	編者另加副題「六個女人的故事」選自「北京人」

理由	世界第一商品		「文星」一一六期（77.2.1.）	紀實文學
馮驥才	我到底有沒有罪？——《一百個人的十年》之一		「人間副刊」76.4.23.	
	我到底有沒有罪？	香港「九十年代」月刊	希代版「海峽散文一九八七」（77.3.）	紀實文學
	紅與黑的結合——《一百個人的十年》選刊之二		「人間副刊」76.4.24.	紀實文學
劉賓雁	第二種忠誠	「開拓雜誌」一九八五年三月	「聯合文學」第十七期（75.3.1.） 時英版「劉賓雁傳奇」（76.3.） 桂冠版「劉賓雁」（76.7.20.） 人間版「第二種忠誠」（76.7.）	
	古堡今昔	「鐘山」一九八五年第四期	時英版「劉賓雁傳奇」（76.3.）	
	在橋樑工地上	「人民文學」一九五六年四月號	「人間副刊」76.12.21. 人間版「人妖之間」（76.7.）	摘錄
	本報內部消息	「人民文學」一九五六年六月號	人間版「人妖之間」（76.7.）	
	本報內部消息（續）	「人民文學」一九五六年十月號	人間版「人妖之間」（76.7.）	
	人妖之間	「人民文學」一九七九年九月號	桂冠版「劉賓雁」（76.7.20.）	

			人間版「人妖之間」(76.7.)	
	川行隨想	「文匯月刊」一九八〇年第五期	人間版「人妖之間」(76.7.)	
	在罪人的背後	「人民日報」、「遼寧日報」一九八〇年十月十五日	人間版「人妖之間」(76.7.)	
	一個人和他的影子	「十月」一九八〇年第六期	桂冠版「劉賓雁」(76.7.20.) 人間版「第二種忠誠」(76.7.)	
	畢竟有聲勝無聲	「劉賓雁報告文學選」(四川人民出版社——一九八〇年八月)	桂冠版「劉賓雁」(76.7.20.) 人間版「第二種忠誠」(76.7.)	
	艱難的起飛	「人民日報」一九八一年一月三日	人間版「第二種忠誠」(76.7.)	
	路漫漫其修遠兮……	「人民文學」一九八一年二月號	人間版「第二種忠誠」(76.7.)	
	好人啊，你不該這樣軟弱	「文匯月刊」一九八一年第一期	人間版「第二種忠誠」(76.7.)	
	千秋功罪	「十月」一九八二年第三期	人間版「人妖之間」(76.7.)	與余以太合寫
	傅貴浮沈記	「人民日報」一九八三年十一月三十日	人間版「人妖之間」(76.7.)	與劉國勝合寫
	關東奇人傳	「文匯月刊」一九八四年第三期	人間版「第二種忠誠」(76.7.)	
	告訴你一個祕密	「報告文學」一九八四年第六期	人間版「第二種忠誠」(76.7.)	

作者	篇名	原出處	在台灣出現	備註
	人血不是胭脂（上）		人間版「人血不是胭脂」（76.7.）	
	人血不是胭脂（下）		人間版「人血不是胭脂」（76.7.）	
	風雨昭昭		人間版「人妖之間」（76.7.）	
	第三十七層樓上的中國		桂冠版「劉賓雁」（76.7.20.）	

4. 詩

作者	篇名	原出處	在台灣出現	備註
丁芒	東部的反饋		「創世紀」詩雜誌七十二期（76.12.）	
	友情		「創世紀」詩雜誌七十二期（76.12.）	
	家書		「創世紀」詩雜誌七十二期（76.12.）	
	宇宙深處覓芬芳		「葡萄園」詩學季刊一〇一期（77.3.）	
于沙	稻穗		「創世紀」詩雜誌七十二期（76.12.）	一九八〇、十二
	泥土		「創世紀」詩雜誌七十二期（76.12.）	一九八一、七
	火柴		「創世紀」詩雜誌七十二期（76.12.）	一九八七、七

于宗信	黃河		「葡萄園」詩學季刊一〇一期（77.3.）
小楓	假如明天	香港「七十年代」一九八四年四月號	「創世紀」詩雜誌六十四期（73.6.）
卞之琳	飛臨台灣上空	「人民日報」一九八二年四月十五日	「創世紀」詩雜誌六十四期（73.6.）
方冰	石林印象	「人民文學」一九八二年四月號	「創世紀」詩雜誌六十四期（73.6.）
木斧	春蛾	「人民文學」一九八二年七月號	「創世紀」詩雜誌六十四期（73.6.）
	你的花兒我的花兒		「葡萄園」詩學季刊一〇一期（77.3.）
王小妮	碾子溝裡，蹲著一個石匠	「詩刊」一九八〇年四月號	「創世紀」詩雜誌六十四期（73.6.） 春風叢書4：「崛起的詩群」（74.7.）
	我感到了陽光	「詩刊」一九八〇年八月號	「創世紀」詩雜誌六十四期（73.6.）
	風在響		「文星」一〇六期（76.4.1.）
	兩個詩人		「葡萄園」詩學季刊一〇一期（74.3.）
北島	一切	「今天」第三期（一九七九）	「創世紀」詩雜誌六十四（73.6.） 春風叢書4：「崛起的詩群」（74.7.） 「自由日報」副刊（76.10.15.）

	生活		「創世紀」詩雜誌六十四期（73.6.）
	古寺	「上海文學」一九八一年五月	「自由日報」副刊（76.10.15.） 「創世紀」詩雜誌六十四期（73.6.）
	雨夜	「萌芽」一九八一年一月	「自由日報」副刊（76.10.15.） 「創世紀」詩雜誌六十四期（73.6.） 春風叢書4：「崛起的詩群」（74.7.）
	楓葉和七顆星星	「詩刊」一九八二年五月	春風叢書4：「崛起的詩群」（74.7）
	明天，不		「自由日報」副刊（76.10.15.） 「文星」一〇五期（76.3.1.）
	空白		「文星」一〇五期（76.3.1.）
	宣告—獻給遇羅克		「文星」一〇五期（76.3.1.）
	回答	「詩刊」一九七九年第三期	春風叢書4：「崛起的詩群」（74.7.） 「自由日報」副刊（76.10.15.）
	和弦		「自由日報」副刊（76.10.15.）
	走吧		「聯合文學」四〇期（77.2.）
	一束		「聯合文學」四〇期（77.2.）
	履歷		「聯合文學」四〇期（77.2.）
古繼堂	香山紅葉		「笠詩刊」一四四期（77.4.15.）

	中原油田井噴		「笠詩刊」一四四期(77.4.15.)
	長城		「笠詩刊」一四四期(77.4.15.)
	洛陽牡丹		「笠詩刊」一四四期(77.4.15.)
	在陳若曦女士家作客		「笠詩刊」一四四期(77.4.15.)
	和陳千武在芝加哥		「笠詩刊」一四四期(77.4.15.)
	和非馬在密植根湖畔		「笠詩刊」一四四期(77.4.15.)
	詠金門大橋		「笠詩刊」一四四期(77.4.15.)
	紐約大教堂		「笠詩刊」一四四期(77.4.15.)
白樺	雪山杜鵑—過白馬雪山所見	「百花洲」一九八二年第五期	「創世紀」詩雜誌六十四期(73.6.) 「文星」一〇五期(76.3.1.)
任洪淵	初雪—給壬壬	「上海文學」一九八二年四月號	「創世紀」詩雜誌六十四期(73.6.)
	女媧六象	「中國」一九八五年第五期	「創世紀」詩雜誌七十二期(76.12.)
匡國泰	醉酒		「創世紀」詩雜誌七十二(76.12.)
	情歌		「創世紀」詩雜誌七十二期(76.12.)
	哭嫁		「創世紀」詩雜誌七十二期(76.12.)
	潭邊		「創世紀」詩雜誌七十二期(76.12.)
	喂奶		「創世紀」詩雜誌七十二期(76.13.)

多多	登高		「文星」一〇六期（76.4.1）	
	烏鴉		「文星」一〇六期（76.4.1）	
向明	花鳥十行詩五首（勿忘我、乾枝梅、鴿子、鷹、鸚鵡）		「創世紀」詩雜誌七十二期（76.12）	
江河	沒有寫完的詩		「創世紀」詩雜誌六十四期（73.6）	葉維廉「危機文學的理路」附錄
	紀念碑	「詩刊」一九八〇年十月	「創世紀」詩雜誌六十四期（73.6.） 春風叢書4：「崛起的詩群」（74.7）	
	我歌頌一個人	「榕樹」文學叢刊詩歌專輯	「創世紀」詩雜誌六十四期（73.6）	
	沉思	「醜小鴨」一九八二年十月號	「創世紀」詩雜誌六十四期（73.6）	
	讓我們一起奔騰吧！——給變革者的歌	「上海文學」一九八一年三月	春風叢書4：「崛起的詩群」（74.7）	
羊翚	假如		「文星」一〇六期（76.4.1）	
	杯子和笑聲		「文星」一〇六期（76.4.1）	
	告別鄉土之歌五首（土屋、大山、磨坊、溪水、母親）		「創世紀」詩雜誌七十二期（76.12）	一九四五年寫於四川廣漢覃家溝
	詩魂歸來——祝賀「覃子豪詩選」出版			一九八七年寫於武漢

艾青	窗外的爭吵		「葡萄園」詩學季刊一〇一期（77.3）	
李修炎	鏡子	「詩刊」一九八二年三月號	「創世紀」詩雜誌六十四期（73.6）	
李挺奮	山海二重唱六首（漁火、海灘孤舟、海浴、山鷹之鳴、山瀑、瀑聲）		「創世紀」詩雜誌七十二期（76.12）	
李瑛	北京：歷史的回聲（白骨和鐵鎖、奔馬、圓明園的黃昏）	「人民文學」一九八二年十月號	「創世紀」詩雜誌六十四期（73.6）	「北京：歷史的回聲」原為組詩。選錄其中三首。
李發模	秋風又吹		「葡萄園」詩學季刊一〇一期（77.3.）	
沙白	晚晴		「葡萄園」詩學季刊一〇一期（77.3.）	
芒克	天空		「文星」一〇六期（76.4.1.）	
林希	回聲	「安徽文學」一九八二年五月	「創世紀」詩雜誌六十四期（73.6.）	
	問俑		「葡萄園」詩學季刊一〇一期（77.3.）	
邵燕祥	我心中有一個祕密的愛		「葡萄園」詩學季刊一〇一期（77.3.）	
阿拉坦托婭	遐邇之思		「葡萄園」詩學季刊一〇一期（77.3.）	

阿紅	定時空觀照四首（海無題、也許是這般祈禱、組裝美、海帆）愛		「創世紀」詩雜誌七十二期（76.12.）	
阿櫓	夕陽雨		「葡萄園」詩學季刊一〇一期（77.3.）	
姚學理	古宅、丑石及其他（古宅、丑石、牧羊女、八月十五沒有月亮、曬暖暖的老人）		「葡萄園」詩學季刊一〇一期（77.3.）	
洪三泰	大西北之旅八首（黃河秋熟、嘉峪關、月牙泉、戈壁風、狼烟）		「創世紀」詩雜誌七十二期（76.12.）	實收五首
柯原	梅原		「葡萄園」詩學季刊（77.3.）	
唐湜	古詩人贊（白馬篇、登樓、鳴琴行、逍遙遊、讀「莊子」、扶風歌、鉛刀歌、無弦琴）		「創世紀」詩雜誌七十二期（76.12.）	
孫友田	初見西湖		「葡萄園」詩學季刊一〇一期（77.3.）	
孫武軍	回憶與思考	「詩刊」一九八〇年四月	春風叢書4：「崛起的詩群」（74.7.）	

孫靜軒	故鄉		「葡萄園」詩學季刊一〇一期（77.3.）
徐敬亞	致長者	「詩刊」一九八〇年十月	「創世紀」詩雜誌六十四期（73.6.） 春風叢書4：「崛起的詩群」（74.7.）
	我告訴兒子		「葡萄園」詩學季刊一〇一期（77.3.）
流沙河	就是那一隻蟋蟀	「長江文藝」一九八二年十一月	「創世紀」詩雜誌六十四期（73.6.）
	故園九詠		「聯合文學」第四〇期（77.2.1.）
	晨跑		「聯合文學」第四〇期（77.2.1.）
	書魂入我夢		「聯合文學」第四〇期（77.2.1.）
	桌上的駱駝		「葡萄園」詩學季刊一〇一期（77.3.）
商子秦	清晨，我發動了輕騎	「詩刊」一九八二年九月	「創世紀」詩雜誌六十四期（73.6.）
梁小斌	中國，我的鑰匙丟了	「詩刊」一九八〇年十月	「創世紀」詩雜誌六十四期（73.6.） 春風叢書4：「崛起的詩群」（74.7.）

	一顆螺絲釘的故事	「星星」一九八二年八月	「創世紀」詩雜誌六十四期（73.6.）	
	小鹿跑了	「安徽文學」一九八〇年二月	春風叢書4：「崛起的詩群」（74.7.）	
	我屬於未來	「詩刊」一九八二年三月	春風叢書4：「崛起的詩群」（74.7.）	
	我認得出……		「文星」一〇五期（76.3.1.）	
	玫瑰花盛開		「文星」一〇五期（76.3.1.）	
莫少雲	垂釣		「葡萄園」詩學季刊一〇一期（77.3）	
郭龍	野葡萄四首（野葡萄、生命、送別、尋找）		「創世紀」詩雜誌七十二期（76.12.）	
傅天琳	一個快樂的音符	「詩刊」一九八〇年四月	「創世紀」詩雜誌六十四期（73.6）	
	田野（之二）	「星星」一九八二年三月	「創世紀」詩雜誌六十四期（73.6）	
彭浩蕩	描景寫情六首（波月洞、湖南張家界國家森林公園、青城山、我的心遺失在桂林、一個沒有瞑目的夢—謁譚嗣同墓、迪斯科）		「創世紀」詩雜誌七十二期（76.12）	
曾卓	青春		「創世紀」詩雜誌七十二期	

			（76.12）	
	寂寞的小花		「創世紀」詩雜誌七十二期（76.12）	
	懸崖邊的樹		「創世紀」詩雜誌七十二期（76.12）	
	海的嚮往		「創世紀」詩雜誌七十二期（76.12）	
	征服大海的人		「創世紀」詩雜誌七十二期（76.12）	
程　嵐	又相逢		「葡萄園」詩學季刊一〇一期（77.3）	
舒　婷	致橡樹	「詩刊」一九七九年四月號	「創世紀」詩雜誌六十四期（73.6）	
	贈	「福建文藝」一九八〇年一月	「創世紀」詩雜誌六十四期（73.6）	
	神女峰	「綠洲」一九八二年第一期	「創世紀」詩雜誌六十四期（73.6）	
	牆	「舒婷、顧城抒情詩選」（一九八二年十月福建人民出版社）	「創世紀」詩雜誌六十四期（73.6）	
	路遇	「榕樹」一九八〇年第二期	春風叢書4：「崛起的詩群」（74.7）	
	也許		春風叢書4：「崛起的詩群」	一九七九年十二

雁翼	在詩歌的十字架上——獻給我的北方媽媽	「花城」一九八一年第二期	春風叢書4：「崛起的詩群」（74.7）	月
	流水線		春風叢書4：「崛起的詩群」（74.7）	
	雙桅船	「雙桅船」（一九八二年二月，上海文藝出版社）	「文星」一〇五期（76.3.1）	
	思念		「文星」一〇五期（76.3.1）	
	春夜		「文星」一〇五期（76.3.1）	
	……之間		「葡萄園」詩學季刊一〇一期（77.3.）	
	幻想之歌		「創世紀」詩雜誌七十二期（76.12）	
	最常見的是旗幟		「創世紀」詩雜誌七十二期（76.12）	
	我想變做一棵草		「創世紀」詩雜誌七十二期（76.12）	一九八六年八月十八日
	雄鷹		「創世紀」詩雜誌七十二期（76.12）	一九八七年二月二十七日
	題歷史博物館		「創世紀」詩雜誌七十二期（76.12）	一九八七年三月一日
	一棵大樹倒了		「創世紀」詩雜誌七十二期（76.12）	一九八七年五月
	自尊，唯一的防線		「葡萄園」詩學季刊一〇一期（77.3）	

閔人	蝸牛的獨白		「葡萄園」詩學季刊一〇一期（77.3）	
馮晏	活著		「葡萄園」詩學季刊一〇一期（77.3）	
	歷程		「葡萄園」詩學季刊一〇一期（77.3）	
黃永玉	雨呀！雨啊！——香港風景	「詩刊」一九八二年六月號	「創世紀」詩雜誌六十四期（73.6）	
楊牧	餘燼		「葡萄園」詩學季刊一〇一期（77.3.）	
楊煉	我的詩		「葡萄園」詩學季刊一〇一期（77.3.）	
	織與播	「詩刊」一九八〇年八月號	「文星」一〇五期（76.3.1.） 「創世紀」詩雜誌六十四期（73.6.）	
	關於太陽		春風叢書4：「崛起的詩群」（74.7.）	
	走向生活	「詩刊」一九八〇年九月	春風叢書4：「崛起的詩群」（74.7.）	
	天葬台		「文星」一〇八期（76.6.1.）	
董耀章	小河曲		「葡萄園」詩學季刊一〇一期（77.3.）	
寧宇	塔頂樹		「葡萄園」詩學季刊一〇一期（77.3.）	

鄒荻帆	愛之寄		「創世紀」詩雜誌七十二期（76.12）	
熊召政	老年瘢		「創世紀」詩雜誌七十二期（76.12）	一九八七、一、十一武漢
	青鳥		「創世紀」詩雜誌七十二期（76.12）	一九八七、一、十五武漢
	幽思		「創世紀」詩雜誌七十二期（76.12）	一九八七、一、十二
	清明寫意		「創世紀」詩雜誌七十二期（76.12）	一九八七、清明
	不明飛行物		「創世紀」詩雜誌七十二期（76.12）	一九八七、九、十八武漢
趙麗宏	月夜聽泉		「創世紀」詩雜誌七十二期（76.12）	一九八二、九武夷山
	秋興		「創世紀」詩雜誌七十二期（76.12）	一九八六、十、三上海
劉湛秋	抒情詩十首（痛苦是無法傾訴的、古柏、露天咖啡座、我喜歡那種偶然……、孤獨的單簧管……、春天又貼著老式的郵票飛來、蘋果因陽光而紅暈、松香和三葉草的		「創世紀」詩叢刊七十二期（76.12）	

	夜、溫柔不需要聲音……）		「笠詩刊」一四三期(77.2.15)	
	古柏		「葡萄園」詩學季刊一〇一期（77.3.）	
	我的繆斯……		「葡萄園」詩學季刊一〇一期（77.3.）	
魯黎	石竹		「葡萄園」詩學季刊一〇一期（77.3.）	
蔣維揚	讀「世界中國詩刊」		「葡萄園」詩學季刊一〇一期（77.3.）	
曉凡	睡與醒		「文星」一一七期（77.3.1.）	
曉鋼	超女性		「文星」一一七期（77.3.1.）	
	奶瓶		「葡萄園」詩學季刊一〇一期（77.3.）	
駱耕野	車過秦嶺	「上海文學」一九八二年	「創世紀」詩雜誌六十四期（73.6.）	
羅長江	廬山瀑布		「創世紀」詩雜誌七十二期（76.12）	一九七八年二月石門
	張家界散曲（山埡、幽徑、神往、遐想、龍蝦花、原始森林、猴趣、望天石）		「創世紀」詩雜誌七十二期（76.12）	一九八二年一月、邵隆途中
	車過唐山		「創世紀」詩雜誌七十二期	

			(76.12.)
嚴陣	北京胡同漫步		「創世紀」詩雜誌七十二期(76.12.)
	太陽島的太陽		「創世紀」詩雜誌七十二期(76.12.)
	人字瀑	選自「花海」	「創世紀」詩雜誌七十二期(76.12.)
	翡翠池	選自「花海」	「創世紀」詩雜誌七十二期(76.12.)
顧城	一代人	「星星」一九八〇年三月	「創世紀」詩雜誌六十四期(73.6.)春風叢書4：「崛起的詩群」(74.7.)
	眨眼	「詩刊」一九八〇年四月	「創世紀」詩雜誌六十四期(73.6.)春風叢書4：「崛起的詩群」(74.7.)
	弧線	「詩刊」一九八〇年十月	「創世紀」詩雜誌六十四期(73.6.)
	遠和近	「詩刊」一九八〇年十月	「創世紀」詩雜誌六十四期(73.6.)
	感覺	「詩刊」一九八〇年十月	「創世紀」詩雜誌六十四期(73.6.)
	結束	「舒婷、顧城抒情詩選」	「創世紀」詩雜誌六十四期(73.6.)「春風叢書4：崛起的詩群」(74.7.)

作者	篇名	原出處	在台灣出現	備註
	空隙	「舒婷、顧城抒情詩選」	「創世紀」詩雜誌六十四期（73.6.）	
	給我的尊師安徒生		「創世紀」詩雜誌六十四期（73.6.）	
	興都庫什山游擊營地——阿富汗近影之一		「創世紀」詩雜誌六十四期（73.6.）	
	喀什爾河畔——阿富汗近影之二		「創世紀」詩雜誌六十四期（73.6.）	
	贈別	「文匯月刊」一九八一年六月	春風叢書4：「崛起的詩群」（74.7.）	
	來臨		「文星」一〇六期（76.4.1.）	
	生命幻想曲		「文星」一〇六期（76.4.1.）	
	淨土		「文星」一〇六期（76.4.1.）	

5. 戲劇

作者	篇名	原出處	在台灣出現	備註
王培公、王貴	WM（我們）		「聯合文學」第十八期（75.4.1.）	
高行健	彼岸——無場次現代戲劇		「聯合文學」第四十一期（77.3.1.）	

6.報導與評論

作者	篇名	發表刊物	原出處	備註
丁望	擺脫「黨性文學的軌道」——「社會主義悲劇文學」受清算原因	「聯合副刊」73.1.17		
金兆	大陸文學札記	「人間副刊」73.2.13		
楊笠	從談話錄談起	「人間副刊」73.4.14		
金兆	大陸文壇話接班	「人間副刊」73.4.16		
葉維廉	危機文學的理路——大陸朦朧詩的生變	「新書月刊」第九期(73.6.)	香港「九十年代」一七三期(一九八四，六)	
		「創世紀」詩雜誌六十四期(73.6.)		本期為「大陸朦朧詩特輯」
壁華	一股不可抗拒的詩歌洪流	「創世紀」詩雜誌六十四期(73.6.)		
藍海文	大陸新一代詩人的崛起——現實主義的復活	「創世紀」詩雜誌六十四期(73.6.)		
洛夫	對大陸詩變的探索——朦朧詩的真相	「創世紀」詩雜誌六十四期(73.6.)		
謝冕	在新的崛起面前	「創世紀」詩雜誌六十四期(73.6.)	「光明日報」一九八〇年五月七日	大陸詩論選刊①
孫紹振	新的美學原則在崛起	「創世紀」詩雜誌六十四期(73.6.)	「詩刊」一九八一年三月號	大陸詩論選刊②

徐敬亞	崛起的詩群（片斷）——評當前新詩的現代傾向	「創世紀」詩雜誌六十四期（73.6.）春風叢書4.：「崛起的詩群」	「新葉」一九八二年底	大陸詩論選刊③
張學夢等八位	請聽聽我們的聲音	「創世紀」詩雜誌六十四期（73.6.）	「詩探索」一九八〇年第一期	大陸青年詩人筆談
江振昌		中共科幻小說之研究	「共黨問題研究」二〇：六（73.6.）	
陳映真	想起王安憶	「文季」第九期（73.9.）		
劉紹銘	讀大陸評論家論台灣文學有感	「文訊月刊」第十四期(73.10.)		
文季社	「反思文學」的起點——大陸文學選集「靈與肉」簡介	「新書月刊」第十三期(73.10.)		新地版「靈與肉」序（73.9.）
陳若曦	大陸上的女作家	「聯合文學」第一期(73.11.1.)		
江浩	陳白塵和「雲夢斷憶」	「聯合文學」第二期(73.12.1.)		收入「悲愴記事——文革中的三十年代作家」（聯合報社，74.1.）
許承宗	從「水天蒼蒼」這篇小說看今日大陸農村生活實況	「聯合副刊」73.12.27.		「水天蒼蒼」作者姜滇原發表於「文學月刊」一九八〇年九月
周玉山	血淚文學——初讀「煉獄三部曲」	「聯合副刊」74.1.25.		「煉獄三部曲」作者：安思南（化名）

王樹明	巴金與「文革」浩劫	聯合報版「悲愴記事」(74.1.)	
	楊絳與「幹校六記」	聯合報版「悲愴記事」(74.1.)	
	王若望與「饑餓三部曲」	聯合報版「悲愴記事」(74.1.)	
周玉山	中共的台港文學研究	「聯合副刊」74.2.16.	
顧朗言	張弦的掙扎	「聯合文學」第五期(74.3.1.)	本文將張弦誤為女作家
柏谷	煉獄裡不死的詩心——歷史夾縫中的黃瀛	「聯合文學」第六期(74.4.1.)	
高山	農民小說家魏金枝	「聯合文學」第七期(74.5.1.)	
陳秋坤	如何正確評斷台灣文學的本質——試評封祖盛著「台灣小說主要流派初探」	「台灣文藝」九十四期(74.5.)	
江振昌	中國大陸的科幻小說	「文訊月刊」第十八期(74.6.)	
廖俊白	中共軍事文學的困境與「突破」	「聯合文學」第九期(74.7.1.)	
周玉山	中共「台港文學研究」的非文學意義	「自立晚報」74.7.26.—7.28.	
詹澈	陽光與陰影——對大陸朦朧詩和台灣現實詩風的看法	春風叢書4.:「崛起的詩群」(74.7.)	
廖莫白	讀「朦朧詩」隨想	春風叢書4.:「崛起的詩群」(74.7.)	

鍾　喬	立在陣線最前方——讀「朦朧詩」有感	春風叢書4.：「崛起的詩群」（74.7.）
鄒玉陽	「背離社會主義文藝的大框框」——賈平凹小說「鬼城」的反響	「聯合文學」第十期（74.8.1.）
張文翊	遠方來的消息——馬漢茂談劉賓雁事件	「人間副刊」74.9.15.
鍾離子	劉賓雁鞭毛激怒中南海	「人間副刊」74.9.22.
鄒玉陽	從無情到濫情——大陸文藝的愛情題材	「聯合文學」第十一期（74.10.1.）
鍾離子	大陸話劇WM引起大風波	「人間副刊」74.11.21.
鄒玉陽	「無產階級」專政下——仇學寶小說裡的現實	「聯合文學」第十四期（74.12.1.）
	倪玉賢與第二種忠誠	「青年日報」三版（75.1.25.）
周玉山	餘悸・預悸——一九八五年的大陸文壇	「聯合副刊」75.1.29.—30.
松永成太郎著 陌上桑譯	劉賓雁與「第二種忠誠」	「民眾日報」二版（75.2.1.）
尼　洛	人性文學的萌生	「文訊月刊」第二十二期（75.2.）

江振昌	中國大陸的朦朧詩	「文訊月刊」第二十二期(75.2.)		
周玉山	關於劉賓雁	「聯合文學」第十七期(75.3.1.)		
無名氏	大陸文學的社會背景和我的文學觀	「台灣副刊」75.3.2.—4.		
唐紹華	中共在海外文藝統戰	「文藝季刊」第二期(75.3.15.)		
倪育賢	亂世雜記	「民眾日報」二版(75.3.19.—21.) 「中華日報」五版(75.3.19.—21.) 「台灣日報」三版(75.3.19.—21.)		作者為劉賓雁「第二種忠誠」裡的主角
羅子	暗無天日,毫無自由——與「第二種忠誠」的主角倪育賢談作家劉賓雁受中共迫害	「中華副刊」75.3.24.		
李瑞	遇羅錦從冬天走向春天	「人間副刊」75.3.28.		
茶陵	「WM」啟示錄	「聯合文學」第十八期(75.4.1.)		
痖弦訪問	中國大陸女作家——遇羅錦訪問記	「聯合副刊」75.4.10.		
徐瑜	遇羅錦——一個敢愛敢恨的大陸作家	「青年副刊」75.4.10.		
周玉山	王蒙今昔——從抗議	「聯合副刊」75.4.16.~17.		

羅子	作家到新式官僚遇羅錦的控訴	「中華副刊」75.4.28.		
陳炳藻	從小說的技巧探討「棋王」	「聯合文學」第十九期(75.5.1.)		
陸鏘	她選擇了自由——遇羅錦印象	「聯合副刊」75.5.1.~2.		
江萌	論一首朦朧詩	「當代」創刊號(75.5.1.)		評顧城的「遠和近」(原載「詩刊」一九七九年十月號)
尼洛	「文化部」新來的青年人	「中華副刊」75.5.8.		
徐瑜	中共怎樣箝制文藝——並談文藝總管王蒙	「青年副刊」75.5.12.		
周玉山	勇者遇羅錦	「聯合文學」第二十期(75.5.1.)		
朱文葦	統戰魔術，哭泣的傷痕文學	「台灣副刊」75.6.12.		
	統戰魔術，哭泣的血腥大陸	「台灣副刊」75.6.18.		
譚嘉	豈祇是妙手偶拈得——試析阿城的「樹王」	「聯合文學」第二十一期(75.7.1.)		
無名氏	大陸紀實文學真實度偶思	「青年副刊」75.7.18.		

翟志成	被烹的走狗——讀「老舍的最後兩天」	「當代」第四期(75.8.1.)		
楊青矗	在愛荷華看大陸作家	「自立副刊」75.8.10～11.		
郭楓	超以象外,得其圜中——略談鍾阿城的小說世界	「自立副刊」75.8.28.		收入「棋王樹王孩子王」(新地出版社,75.8.)
席復西	香火重溫劫後灰——阿城的「棋王」讀後			收入「棋王、樹王、孩子王」(新地出版社,75.8.)
應鳳凰	香港所見「台灣文學」相關書刊	「自立副刊」75.8.30.		
馬漢茂	就算是歷史開了一個玩笑——大陸作家馮驥才側寫	「文星」復刊號(總99期)75.9.1.		收入「啊!馮驥才小說選」(敦理出版社,76.10.)
葉洪生	浩劫後——淺談蕭乾及「文革雜憶」	「聯合副刊」75.9.6.		
聶華苓	中國大陸小說在技巧上的突破——剪輯錯了的故事			收入「黑色・黑色・最美麗的顏色」(林白出版社,75.9.15.)
翟志成	舉起你的鞭子,詩人	「聯合副刊」75.9.19～21.		
沙白	中共作家張賢亮唾棄社會主義	「西子灣副刊」75.9.28.		

曾祥鐸	大陸「文革」對文學界的摧殘	「聯合文學」75.10.1.		
何穎怡	大陸又在「百花齊放」	「遠見雜誌」第四期(75.10.1.)		取材自The Economist
袁無名	且說阿城	「人間副刊」75.11.12		
王莉莉	通過希望的獨木橋：：白樺的等待	「當代」第八期（75.12.1.）		
（法）米歇爾・波南讓・菲力浦・白夏	訪問北島	「兩岸」詩叢刊第一集（75.12.12）		一九八五年七月十一日在法國巴黎訪問。未列中譯者姓名。
（法）米歇爾・波南	訪問舒婷	「兩岸」詩叢刊第一集（75.12.12）		一九八五年七月十一日在法國巴黎訪問。未列中譯者姓名。
吳千之	看不懂？使勁看！——讀幾首朦朧詩兼談現代藝術	「兩岸」詩叢刊第一集（75.12.12）		
周浩正	鍾阿城的「棋王・樹王・孩子王」	「人間副刊」75.12.14.		
李牧	大陸上的「台灣文學」	「青年副刊」75.12.16.		
張系國	阿城	「人間副刊」75.12.25.		
林寶慶	語輕墨淡話傷痕——大陸作家阿城	「遠見雜誌」第七期（76.1.1.）		文末註明「黃孝如改寫」。

周玉山	民族文學，實話文學——鍾阿城與遇羅錦	「聯合副刊」76.1.2.		
方唐	到民間去——讀阿城的「棋王、樹王、孩子王」	「自立副刊」76.1.10.		
林培瑞（Perry Link）聯合報編譯中心譯	風雨欲來——關於劉賓雁及大陸知識分子的新處境	「聯合副刊」76.1.18.		
寒梅	中共整肅劉賓雁得不償失	「青年副刊」76.1.20.		
姜穆	試論戴厚英及其小說——兼評「人啊，人」			收入「人啊，人」（希代書版公司，76.1.）
江森	讀「北京人」後雜感	「聯合文學」第二十八期（76.2.1.）		
蔡源煌	口述與書寫	「聯合文學」第二十八期（76.2.1.）		評「北京人」
龔鵬程	盲流	「聯合文學」第二十八期（76.2.1.）		評「北京人」
古蒙仁	台北人看「北京人」	「聯合文學」第二十八期（76.2.1.）		
應鳳凰	「台灣香港文學論文選」	「自立晚報」76.2.24.		

姜穆	劉賓雁的筆折了	「西子灣副刊」76.2.24.		
路西	阿城小傳	「文星」一〇五期（76.3.1.）		「大陸新探」特輯
于毅	阿城說故事	「文星」一〇五期（76.3.1.）		「大陸新探」特輯
葉穉英	傷痕的見證——阿城小說中虛靜的人生觀	「文星」一〇五期（76.3.1.）		「大陸新探」特輯
呂正惠	「知青」三部曲——從棋王、樹王、孩子王看文革「知青」的心路歷程	「文星」一〇五期（76.3.1.）		「大陸新探」特輯
林聰舜	悲愴的變革與昂揚的群眾——鍾阿城小說的世界	「文星」一〇五期（76.3.1.）		「大陸新探」特輯
何偉康	阿城印象——在哥倫比亞大學座談會上	「文星」一〇五期（76.3.1.）		「大陸新探」特輯
張香華	朦朧詩就是內心的風景——中國大陸的新詩潮	「文星」第一〇五期（76.3.1.）		「大陸新探」特輯
張默	朦朧之後該怎樣——對大陸朦朧詩試探	「文星」第一〇五期（76.3.1.）		「大陸新探」特輯
李瑞	流浪藝術家馬建	「人間副刊」76.3.6.		
沈勵桓	天地玄黃——生命悲劇意識的突現	「自由副刊」77.3.9.～3.12.		大陸作家楊志軍的談話錄

蕭錦	大陸阿城與台灣阿盛	「自立副刊」76.3.14.		作者為「蕭錦綿」
雷抒雁	我所知道的劉賓雁			收入「劉賓雁傳奇」(時英出版社，76.3.)
陳文鴻	劉賓雁「人妖之間」讀後感			收入「劉賓雁傳奇」(時英出版社，76.3.)
彥樺	劉賓雁的尋求和追索			收入「劉賓雁傳奇」(時英出版社，76.3.)
馬漢茂	我和劉賓雁的交談			收入「劉賓雁傳奇」(時英出版社，76.3.)
王亦令	劉賓雁為內部文件所制			收入「劉賓雁傳奇」(時英出版社，76.3.)
高放	讀劉賓雁的「自我檢查」			收入「劉賓雁傳奇」(時英出版社，76.3.)
李怡	是非與忠誠——談劉賓雁的「第二種忠誠」			收入「劉賓雁傳奇」(時英出版社，76.3.)
關愚謙	劉賓雁談文藝與改革			收入「劉賓雁傳

周策縱	新詩多元一元論——記和艾青談詩的懂與不懂	「文星」第一〇六期（76.4.1.）		奇」（時其出版社，76.3.）
王樹明	「探索與反思——大陸新生代小說」前言	「聯合文學」第三十期（76.4.1.）		
林也牧	當代的徐霞客——馬建	「人間副刊」76.4.2.		收入「你拉狗屎」（海風出版社，77.1.）
白馬	大陸將出版「台灣新詩發展史」	「自立副刊」76.4.2.		
葉洪生	十年生死兩茫茫——總評十四篇大陸小說	「聯合文學」第三十期（76.4.1.）		總題：象徵與魔幻・現實與批判——名家看大陸「新小說」
侯健	匠心獨運的諷刺小說——評「提升報告」、「無字碑」	「聯合文學」第三十期（76.4.1.）		總題：象徵與魔幻・現實與批判——名家看大陸「新小說」
王文興	兩篇上乘的小說——讀「多餘的故事」、「牛報」	「聯合文學」第三十期（76.4.）		總題：象徵與魔幻・現實與批判——名家看大陸「新小說」

司馬中原	象徵與暗示——我讀「白色鳥」和「梯市」	「聯合文學」第三十期（76.4.）		總題：象徵與魔幻・現實與批判—名家看大陸「新小說」
尼　洛	內部規律——讀「不該將兄吊起來」和「駝背的竹鄉」	「聯合文學」第三十期（76.4.）		總題：象徵與魔幻・現實與批判—名家看大陸「新小說」
東　年	典型的鄉土小說——讀「老棒子酒館」、「生命之流」	「聯合文學」第三十期（76.4.）		總題：象徵與魔幻・現實與批判—名家看大陸「新小說」
蔣　勳	偽裝的現實——讀「枯河」與「歸去來」	「聯合文學」第三十期（76.4.）		總題：象徵與魔幻・現實與批判—名家看大陸「新小說」
白先勇	現代主義的刺激——評「一個人死了」、「山上的小屋」	「聯合文學」第三十期（76.4.）		總題：象徵與魔幻・現實與批判—名家看大陸「新小說」
劉明華	乍暖還寒的大陸文藝早春	「聯合文學」第三十期（76.4.）		
夏　雲	隨性生花樣——訪阿城談文學創作與評論	「自立副刊」76.4.18.		

施叔青	上帝是唯一的讀者——天津作家馮驥才談寫作與作品	「人間副刊」76.4.23～4.24.		
壁華	一個勇者的評言——讀巴金的「隨想錄」			收入「懷念蕭珊」（希代出版公司。76.4.）
編輯室	從前衛到尋根——汪曾祺簡介	「聯合文學」第三十一期（76.5.1.）		
何偉康	再見阿城	「文星」第一〇七期（76.5.1.）		
葉穉英	我就是要自由化，不給我自由，我就要鬥——大陸鼓吹自由化的作家王若望	「文星」第一〇七期（76.5.1.）		
王德威	時代心靈的紀錄——評「公開的情書」	「文星」第一〇七期（76.5.1.）		
傅偉勳	理想與現實之間——靳凡「公開的情書」解說	「文星」第一〇七期（76.5.1.）		
文船山	「紅塵」裡的文學訊息	「聯合副刊」76.5.9.		
應鳳凰	「台灣與海外華人作家小傳」	「自立副刊」76.5.11.		
殷小荃	千年孤獨之後——對	「兩岸」詩叢刊第二	美國「知識份子」三卷一期	

	楊煉「禮魂」的巡禮	輯（76.5.12）	（75秋季號）	對岸詩訊（作者為大陸作家）
壁　華	中國大陸情詩滄桑	「兩岸」詩叢刊第二輯（76.5.12）		對岸詩訊
劉紹銘	追記劉賓雁	「人間副刊」76.5.17.		
劉紹銘	驚識馬建	「人間副刊」76.5.24.	香港「解放日報」一九八七年五月號	收入「你拉狗屎」（海風出版社，77.1.）
姜　穆	劉賓雁會屈膝？	「大華晚報」76.5.25.		
高　準	大陸新詩發展的輪廓（一九一六—一九七九）	「自立副刊」76.5.31.～6.3.		「新詩兩邊看」
應鳳凰	「黎烈文評傳」	「自立副刊」76.6.30.		「海外書訊」
王德威	棋王如何測量水溝的寬度	「當代」第十五期（76.7.1.）		
葉穉英	主要危險還在左——「第二種忠誠」的劉賓雁	「文星」第一〇九期(76.7.1.)		
愚　庵	夜讀巴金——一個說真話的「寫家」	「西子灣副刊」76.7.19.		
施叔青	與阿城談禪論藝	「人間副刊」76.7.19～7.21.		收入「阿城小說」（海風出版社，77年1月）
應鳳凰	「台灣當代文學」	「自立副刊」76.7.27.		「海外書訊」

李　怡	劉賓雁和他的時代			收入「人血不是胭脂」(人間出版社,76.7.)
胡平・張勝友	劉賓雁血淚歷程			收入「人血不是胭脂」(人間出版社,76.7.)
缺	我所知道的劉賓雁			收入「人血不是胭脂」(人間出版社,76.7.)
賀興安	劉賓雁:撥開迷霧,現其真相的勇士			收入「人血不是胭脂」(人間出版社,76.7.)
聶華苓	劉賓雁——我的朋友			收入「人血不是胭脂」(人間出版社,76.7.)
關愚謙	「做人還是傻一點好!」——訪劉賓雁			收入「人血不是胭脂」(人間出版社,76.7.)
周玉山	劉賓雁與王若望	「共黨問題研究」一三:三(76.3.)		收入「劉賓雁」(桂冠圖書公司,76.7.20.)
羅達成	少男少女的隱祕世界——「早戀」和「青春期騷亂」的中學生	「聯合文學」第三十四期(76.8.1.)	「人民文學」一九八七年一、二期合刊	

何華	歷史之門——由「思舊賦」、「梁父吟」、「遊園驚夢」、「國葬」談白先勇小說的歷史滄桑感	「聯合副刊」76.8.9.～8.11.		本文為作者在復旦大學中文系的畢業論文
應鳳凰	「台灣小說主要流派初探」	「自立副刊」76.8.13.		海外書訊
蔡丹治	「『大陸作家素描』專欄」前言	「大華晚報」讀書人版（76.8.30.）		
編輯部	大地密宗——刊出「環湖崩潰」的說明	「台北評論」創刊號(76.9.1.)		
呂正惠	「虛假」的女性主義小說——張潔的「方舟」與「祖母綠」	「文星」第一一一期(76.9.1.)		「大陸女作家」初探
吳達芸	步履維艱的知識分子——談諶容的「人到中年」	「文星」第一一一期(76.9.1.)		「大陸女作家」初探
施叔青	聽鄧友梅談古論今	「人間副刊」76.9.7.～9.8.		
向陽	亂離愁苦張賢亮——「肖爾布拉克」代序			收入「肖爾布拉克」、「土牢情話」二書（林白出版社。前書76.9.15.出版；後書76.10.2.出版）

羅青	「北京人」在二十世紀的獨白	「淡水河副刊」76.9.18.		
李庸	自閉心態的揚棄——如何面對大陸的文學作品	「大華晚報」讀書人版(76.9.20.)		
許津橋	「中國大陸現代小說選」序			收入「中國大陸現代小說選」輯一、輯二(圓神出版社，76.9.)
王孝敏	「受戒」、「空巢」序			收入「受戒」、「空巢」(國際文化公司76.9.)
蘇哲安	從寂暗中綻放生命的靈光——序殘雪的「黃泥街」			收入「黃泥街」(圓神出版社76.9.)
編輯部	「知青小說」編輯前言	「聯合文學」第三十六期(76.10.1.)		
葉稺英	資產階級出身的浪漫文學家——張賢亮生平介紹	「文星」第一一二期(76.10.1.)		「張賢亮與『感情的歷程』」
朗敬賢	大陸知識分子的歷史命運——談張賢亮的「綠化樹」和「男	「文星」第一一二期(76.10.1.)		「張賢亮與『感情的歷程』」

呂正惠	「人的一半是女人」一個右派知識分子的反省——評張賢亮的「感情的歷程」	「文星」第一一二期(76.10.1.)		「張賢亮與『感情的歷程』」
洪禎國	知識分子的情愛與風格——試探張賢亮的小說世界	「文星」第一一二期(76.10.1.)		「張賢亮與『感情的歷程』」
李黎	在融合中鑄造東方現代詩魂—中國大陸新詩潮與西方現代派詩歌之間聯繫的考察	「文星」第一一二期(76.10.1.)		
龔鵬程	突破淺碟子心態	「聯合副刊」76.10.2.		台灣「大陸熱」中的文學省思(上)
李瑞騰	讓紛陳的現象秩序化	「聯合副刊」76.10.2.		台灣「大陸熱」中的文學省思(上)
王德威	藝術的政治、政治的藝術	「聯合副刊」76.10.3.		台灣「大陸熱」中的文學省思(下)
周玉山	聽雨觀潮	「聯合副刊」76.10.3.		台灣「大陸熱」中的文學省思(下)
陸以霖	北島可能得獎?	「自由副刊」76.10.15.		

葉石濤	北島的「波動」	「時報副刊」76.10.20.		
向明	傳言中的諾貝爾文學獎得獎人—大陸詩人北島	「中華副刊」76.10.23.		
壁華	用黑色的眼睛尋找光明—評青年詩人顧城的詩	「兩岸」詩叢刊第三期（76.10.）		
楊青矗	「啊！」十億中國人的浩嘆—讀「馮驥才小說選—『啊！』」			收入「啊！—馮驥才小說選」（敦理出版社，76.10.）
馬漢茂	男女關係的變革與開放			「掙不斷的紅絲線」序言（敦理出版社76.10.）
馬漢茂	海峽兩岸的文學交流—兼談台灣文壇新氣象	「台灣文藝」一〇八期		「掙不斷的紅絲線」代後記
李陀	當代中國文學的「先鋒」與「尋根」	「自立副刊」76.10.19.～10.21.		「兩岸文學兩邊看」①看左邊收入「世界中文小說選」上冊（時報出版公司76.10.16.）
馬漢茂	「文化統一」與「世	「自立副刊」76.10.20.		「兩岸文學兩邊

	界化」—對當前台海兩岸文學轉變的若干省思	
呂嘉行訪問、整理	論劍愛荷華	「聯合副刊」76.10.29.~30.
李童	「早安・朋友」色情乎?文學乎	「自由副刊」76.11.2.
蔡源煌	現代生命的斷層掃描—葉曙明小說評析	「台北評論」第二期(76.11.1.)
馬林海	語言與瘋狂——訪大陸青年作家葉曙明	「台北評論」第二期(76.11.1.)
編輯部	葉曙明著作年表	「台北評論」第二期(76.11.1.)
譚嘉採訪、整理	從遠方看兩岸——愛荷華「國際寫作計劃」廿週年「中國作家座談會」紀實	「自立副刊」76.11.2.~11.4.
陳映真	速寫大陸作家(吳祖光、張賢亮、汪曾祺、古華)	「人間」雜誌二十五期(76.11.5.)

看②外國看兩岸作家訪談錄:汪曾祺、古華、張賢亮、吳祖光、張辛欣、阿城、劉心武、李昂、黃凡、陳映真、蔣勳

馬漢茂	「掙不斷的紅絲線」序—大陸的愛情、婚姻與性	「時報副刊」76.11.6.		收入「掙不斷的紅絲線」
西西	大陸小說的近貌——「八十年代中國大陸小說選」序言	「洪範」雙月刊雜誌三十三期（76.12.1.）		收入西西編「紅高粱」、「閣樓」（洪範書店，76.11.）
劉賓雁	門外議小說	「文星」第一一〇期（76.11.）		
施叔青	以筆為劍，為民請命——與大陸作家劉賓雁對談	「人間副刊」76.12.21.～23.		
鐘麗慧整理	台灣作家看大陸小說	「自立副刊」76.12.23.		「大陸小說流行熱」專輯
顧秀賢	斷層式的認同?——從大陸小說熱談起，訪蕭新煌教授	「自立副刊」76.12.23.		「大陸小說流行熱」專輯
陳達專	大陸八〇年代小說創作的比較研究	「自立副刊」76.12.23.～24.	「文學論叢」第五輯，一九八五年十一月	「大陸小說流行熱」專輯，原題「新時期小說創作的比較研究」
施叔青	散文化小說是抒情詩——與大陸作家汪曾祺對談	「人間副刊」76.11.24.～25.		
鄭樹森	訪瑞典皇家學院五院士談中國文學	「聯合副刊」76.12.24.～25.		

金介甫(J.C. Kinkley)	大陸文學將帶給台灣什麼新視野	「人間」雜誌二十六期(76.12.5.)		
蕭遙譯 文曉村	從剪成碧玉葉層到柔美的愛情	「大華晚報」讀書人版76.12.27.		評古繼堂「柔美的愛情」(春風文藝出版社，一九八五年五月)
馬森	陸文夫的「門鈴」	「幼獅文藝」四〇八期(76.12.)		
葉稺英	有事不找包青天，就是要找劉賓雁——劉賓雁思想、作品分析			收入「當代世界小說家讀本：劉賓雁」(光復書局，76.12.)
葉稺英	密密麻麻的掌紋，波波折折的一生——劉賓雁生平介紹			收入「當代世界小說家讀本：劉賓雁」(光復書局，76.12.)
司徒平	撒嬌的和不撒嬌的	「創世紀」詩雜誌七十二期(76.12.)	「華夏詩報」一九八六、十二、三	「大陸詩評作品」
李元洛	一闋動人的鄉愁變奏曲——讀洛夫的「邊界望鄉」	「創世紀」雜誌七十二期(76.12.)	「名作欣賞」一九八六年第五期	「大陸詩評作品」
蔡源煌	從大陸小說看「真實」的真諦	「聯合副刊」77.1.4.～5.		文學環境：批判與省思之一：小說

		「聯合文學」第三十九期（77.1.1.）		
許世旭	質疑一切的反抗詩	「當代」第二十一期（77.1.1.）		
劉雲德	文化大革命之後——文化熱的歷史脈絡	「當代」第二十一期（77.1.1.）		
李瑞騰	「八十年代中國大陸小說選」	「聯合報」讀書版（77.1.2.）		新書快評
唐德剛	新詩這個老骨董——從艾山評艾青說起	「人間副刊」77.1.5.		
李黎	一九七九年以後的大陸文學思潮——訪問「人民文學」主編／作家劉心武	「人間」雜誌二十七期（77.1.5.）		
鐘麗慧	台灣文學作品在大陸	「自立晚報」影劇藝文版（77.1.7.）		
孟樊	從李昂的「殺夫」到台灣文學的國際化記錄——蔡源煌訪馬漢茂	「台北評論」第三期（77.1.10.）		本文涉及兩岸的當代文學
應鳳凰	大陸出版界的「台灣熱」——湖南文藝出版社出版「台灣文庫」	「人間副刊」77.1.21.		
張賢亮	我的傾訴——「男人	「自由副刊」77.1.23.		「男人的一半是

	的一半是女人」序			女人」序（遠景出版公司）
康白	近十年來的中國文學	「自由副刊」77.1.22		
劉紹銘	「朦朧小說」待考	「中國時報」文化一周（77.1.24.）		評殘雪的「黃泥街」
何偉康	文學的羊和羊的文學	「自由副刊」77.1.26.		
張香華	我和你——記參加香港舉辦，海峽兩岸及海外華人文學座談會	「大地副刊」77.1.28.—29.		
葉稺英	對「棋王」一系列小說的探討			收入「當代世界小說家讀本：鍾阿城」（光復書局，77.1.）
葉稺英	家學淵源又深自沈潛——看看阿城這個人			收入「當代世界小說家讀本：鍾阿城」（光復書局，77.1.）
李怡主持	與阿城東拉西扯——香港「九十年代」雜誌阿城作品座談會		香港「九十年代」一九八五年十二月號	收入「阿城小說」（海風出版社，77.1.）
金鐘	人類是不可救藥的——專訪馬建談文學與人生			收入「你拉狗屎」（海風出版社，77.1.）
中國作家協會西藏分會	一篇醜化、侮辱藏族人民的劣作——對馬		「文藝報」一九八七年三月二十八日	收入「你拉狗屎」（海風出版社

	建的「亮出你的舌苔或空空蕩蕩」的嚴肅批評			，77.1.）
馬建	孤獨的文學——回答「文藝報」的再度點名批判			收入「你拉狗屎」（海風出版社，77.1.）
馬建	我罵不過他們			收入「你拉狗屎」（海風出版社，77.1.）
缺	馬建認為中國文學將續向前發展			收入「你拉狗屎」（海風出版社，77.1.）
缺	藝術家的良知啟示			收入「你拉狗屎」（海風出版社，77.1.）
王南	兩易其名的作品——讀馬建小說二之一			收入「你拉狗屎」（海風出版社，77.1.）
王南	異類——讀馬建小說二之二			收入「你拉狗屎」（海風出版社，77.1.）
楊諾	文字實驗			收入「你拉狗屎」（海風出版社，77.1.）
蘇其康	藝術翻身?——評大	「聯合文學」第四十期（77.2.		

	陸小說選「紅高粱」	1.)	
景均(大陸) 王道環(台灣)	失速的娃娃車——「世界第一商品」讀後感	「文星」雜誌一一六期(77.2.1.)	
劉春城	冷眼看兩岸文學	「自由副刊」77.2.4.	
施叔青	生活濃似醍醐小說淡若清水——訪問劉賓雁	「人間」雜誌二十八期(77.2.5.)	
李黎	我所認識的劉賓雁	「人間」雜誌二十八期(77.2.5.)	
黃維樑	蜀中大將流沙河及其作品	「聯合文學」第四〇期(77.2.1.)	
成令方	訪北島	「聯合文學」第四〇期(77.2.1.)	
譚嘉	思索的一代	「聯合文學」第四〇期(77.2.1.)	
東年	受苦的人沒有施捨慈悲的義務?老天可憐!	「聯合文學」第四〇期(77.2.1.)	一書兩評——評殘雪的「黃泥街」
吳繼文	沒有出口的夢境——殘雪「黃泥街」的倒錯世界	「聯合文學」第四〇期(77.2.1.)	一書兩評——評殘雪的「黃泥街」
陳曉林	黃河的子孫·真實的魅力——評張賢亮「	「聯合文學」第四〇期(77.2.1.)	責任書評

	尚爾布拉克」			
薛興國	春來春去春不在——評馮驥才「啊！」	「聯合文學」第四〇期（77.2.1.）		責任書評
陸以霖	大陸的文學尋根熱	「大華晚報」讀書人版（77.2.7.）		
陳信元	性愛與尋根——小論王安憶作品	「自由副刊」77.2.15.		收入「王安憶卷：小城之戀」（林白出版社，77.2.10.）
陳信元	陝南山鄉的風俗畫——小論賈平凹的作品	「自由副刊」77.2.15.		收入「賈平凹卷：天狗」（林白出版社，77.3.20.）
朱星鶴	冰封雪飄春夢遠	「西子灣副刊」77.2.21.；2.23.		大陸文壇新探
陳信元	人情冷暖的刻繪者——馮驥才——小論馮驥才作品	「自由副刊」77.2.24.		收入「馮驥才卷：高女人和她的矮丈夫」（林白出版社，77.2.10.）
陸以霖	現代派文學在大陸	「大華晚報」讀書人版（77.2.28.）		
楊昌年	文學宇宙的諸和——析評張賢亮的「靈與肉」			收入「十二重樓月自明」（漢光文化公司，77.2.

楊昌年	文化理念的生活化—析評鍾阿城的「棋王」			收入「十二重樓月自明」（漢光文化公司，77.2.29.）
黃凡	評「棋王」			收入「海峽小說一九八六」（希代書版公司，76.2.）
高行健	要什麼樣的戲劇	「聯合文學」第四十一期（77.3.1.）		
劉賓雁	什麼是報告文學——「劉賓雁談報告文學」之一	「人間」雜誌第二十九期（77.3.5.）		
劉賓雁	報告文學向何處去—與溪烟同志商榷	「人間」雜誌第二十九期（77.3.5.）	「文匯月刊」一九八三年第八期	原標題為「向何處去？」
	和奧維奇金在一起的日子——「劉賓雁談報告文學」之三	「人間」雜誌第二十九期（77.3.5.）	「文藝報」一九五六年第四期	
陸以霖	當代大陸少數民族小說	「大華晚報」讀書人版（77.3.6.）		
季季	「孩子王」評介			收入「七十五年短篇小說選」（爾雅出版社，76.3.10.）

應鳳凰	三缺一，三缺二——兩岸的「台灣文學史」	「時代副刊」77.3.11.～12.		
聞吉	想入非非？——舊金山「當代中國文學討論會側記」	「人間副刊」77.3.17.		
李瑞騰	文學中國	「中華副刊」77.3.17.（20版）		
陸以霖	大陸當代文學的典型問題	「大華晚報」讀書人版（77.3.20.）		
刁冠群	劉賓雁抵加大講學，推動改革壯心未已	「聯合報」文化藝術版（77.3.23.）		
施叔青	天馬行空——與大陸作家莫言對談	「時代副刊」77.3.24.		
李瑞騰	如何面對「大陸文學」	「中華副刊」77.3.24.（20版）		
徐淑真譯	劉賓雁和時代週刊記者一夕談	「自立晚報」出版與讀書版（77.3.27.）		
王德威	畸人行——當代大陸小說的眾生「怪」相	「人間副刊」77.3.27.—28.		
文曉村	大陸詩選三十家評介	「葡萄園」詩學季刊（77.3.）		
阿盛	「故土煙塵風流」分卷概說			收入「海峽散文一九八七」（希代書版公司，77.3.）

黃凡	評「環蝕」			收入「海峽小說一九八七」（希代書版公司，77.3.）
陳蓉蓉	意在筆先，神餘言外——評張辛欣、桑曄「北京人」	「聯合文學」第四十二期（77.4.1.）		
陸鏘	人啊，人！在天涯	「文星」一一八期（77.4.1.）		
大荒	憤怒與心酸——談劉賓雁報告文學之二	「西子灣副刊」77.4.5.		
王拓	「用自己的火炬照明自己的道路」	「人間」雜誌三十期（77.4.5.）		
陸以霖	大陸當代報告文學概述	「大華晚報」讀書人版（上）77.4.3.（下）77.4.17.		
劉慧媛	文學批判與批判文學——回應何偉康「羊的文學與文學的羊」	「自由副刊」77.4.8.		
應鳳凰	意在補天——大陸劇作家沙葉新	「時代副刊」77.4.10.		
陳信元	架起心靈的立體交叉橋——序「她有一頭披肩髮」			收入「劉心武卷：她有一頭披肩髮」（林白出版社，77.4.10.）
趙伏雲	秉春秋筆寫出「人民	「中國時報」77.4.12.新聞人物		取材自美國「洛

	之聲」——從劉賓雁的「鏡子」看中共的另一面	版		杉磯時報」
周玉山	大陸的「作家部長」	「聯合副刊」77.4.14.		
古繼堂	從西化到回歸——台灣文學經驗的思考	「笠詩刊」一四四期（77.4.15.）		
張光正	從白話新詩的崛起看台灣新文學運動	「笠詩刊」一四四期（77.4.15.）		
蕭錦綿	大陸作品的台灣閱讀經驗	「自立晚報」出版與讀書版（77.4.17.）		
施叔青	走出大山，擁抱生活——與大陸作家古華對談	「時代副刊」77.4.23.—24.		
張誦聖	評莫言「透明的紅蘿蔔」	「中國時報」開卷版（77.4.24.）		
林明德	飲食男女之外——論張賢亮「男人的一半是女人」	「民生報」文化新聞版（77.4.26.）		
侯誠	大陸大型文學月刊	「時代副刊」77.4.27.		
劉俐	心靈之河的探索——張賢亮、蔣勳的文學對話	「時代副刊」77.4.28.		
大荒	劉賓雁的最新言論	「西子灣副刊」77.4.28.		
李昂	一些大陸作家對台灣的心態	「時代副刊」77.4.29.		
張賢亮	一篇無題的文章	「自由副刊」77.4.30.		

補遺

作者	篇名	發表刊物	備註
叢甦	中國大陸文學近況：抗議文學與「人」的復活	「中華雜誌」二四六期(73.1.)	
孫澄	一九八三年的中共文藝	「中共研究」十八：二(二〇六)73.2.	
張子樟	大陸現實社會之共同形象：中共「抗議文學」橫的剖析	「共黨問題研究」十：四(73.4.)	
張子樟	抗議文學之藝術技巧(上)	「文藝月刊」一七八期(73.4.)	
張子樟	抗議文學之藝術技巧(下)	「文藝月刊」一七九期(73.5.)	
黃維樑	古朦朧與今朦朧	「人間副刊」73.5.6.	
張子樟	人性與文學再發揚：中共「抗議文學」研究(摘要)	文化大學「三民主義學報」八期(73.6.)	
張子樟	人性與文學	「三民主義學報」八期(73.6.)	
張子樟	被侮辱者的悲歌：大陸「抗議文學」中的知識份子	「近代中國」四十一期(73.6.)	
劉必榮	從葛萊瑪西的政治思想看中共現階段的文藝政策	「中國論壇」十八：十(總二一四)73.8.25.	
張子樟	中共文藝理論演變之探討	「共黨問題研究」一〇：八(73.8.)	
張子樟	社會主義現實主義文學的變調：淺析「抗議文學」中的幹部、農夫與工人	「共黨問題研究」一〇：一〇(73.10.)	
吳弘言	鄧小平的文藝論點與實際	「中共研究」一八：一〇(二一一	

		四）73.10.	
張子樟	抗議文學的傳播功能與效果	「文藝月刊」一八四期（73.10.）	
江振昌	崛起的詩群：評大陸的朦朧詩	「共黨問題研究」一〇：一一（73.11.）	
張子樟	中國大陸抗議文學的傳播功能與效果	「報學」七：三（73.12.）	
金延湘	海外看「創作自由」	「人間副刊」74.2.8.	
許南村	關於中共文藝自由化的隨想	「中華雜誌」二五九期（74.2.）	
玄默	中共「創作自由」的限制條件探討	「中共研究」一九：二（二一八）74.2.	
張子樟	中共文藝思想之演進	「共黨問題研究」一一：三（74.3.）	
趙虹	粉身碎骨渾不顧：介紹「九州生氣恃風雷」	「文訊月刊」十七期（74.4.）	
王章陵	論人性與文學——八十年代大陸文藝界的論戰	「共黨問題研究」一一：九（74.9.）	
張振翱	一九四九年以來中國大陸文藝思潮的發展	「中國論壇」二一：一（二四一）74.10.10.	
王章陵	中共文藝政策	「共黨問題研究」一一：一〇（74.10）	
Pruyn, Carolyn S.	Humanism in Post-Mao Mainland Chinese Literature: The Case of "Jen A, Jen!" by Tai Hou-Ying	Asian Culture Quarterly 13:3（74）秋	
Chang, Tze-chang	Modern, Literary Techniques in Mainland China's "Protest Literature"	Issues & Studies 21:10（74. 10）	
鍾鎔亘	中共選刊台灣小說之淺析	「共黨問題研究」一一：一二（74.12）	
周玉山	一九八五年的大陸文壇	「共黨問題研究」一二：一（75.1）	

Kinkley, Jeffrey C.	Current Problems and Prospects for Chinese Literature in Mainland China	Issues & Studies 22:1（75. 1）	
王章陵	論文藝創作（上）	「共黨問題研究」一二：五（75.5）	
王章陵	論文藝創作（下）	「共黨問題研究」一二：六（75.6）	
Chou Yu-sun	Change and Continunity in Communist Chinese Policy on Literature and Art	Issues & Studies 22:9（75. 9）	
Spielmann, Barbara	A New Trend in the Literature of the PRC Which Moves Readers in the West	Issues & Studies 22:9（75. 9）	
孫瀅	對大陸文壇重申「雙百」方針之評析	「中共研究」二〇：八（二三六）75.8	
周野	一部亦文亦史的作品：淺論徐瑜的「中共文藝政策析論」	「文訊月刊」二七期（75.12）	
徐瑜	論中國大陸現代派文學	「復興崗學報」三六期（75.12）	
吳弘言	中共文藝發展的死結	「中共研究」二〇：一二（二四〇）75.12	
Ching Chen-chang	評After Mao: Chinese Literature and Society, 1978-1981	Issues & Studies 23:3（76. 3.）	
趙淑惠	中共扶植通俗文學之淺探	「共黨問題研究」一三：三（76.3.）	
Choa Yu-sun	Lin Pin-Yen and Wang Jo-wang	Issues & Studies 23:5（76. 5）	
周玉山	鄧小平文藝政策的回顧與前瞻	「共黨問題研究」一三：六（76.6.）	
楊開煌	對「亮出你的舌苔或空空蕩蕩」小說之分析	「共黨問題研究」一三：七（76.7.）	
周野	近年來大陸的文學流變及作家	「共黨問題研究」一三：八（76.8.）	
靈均	恐懼是多餘的——推介馮驥才的「啊！」	「民眾副刊」76.11.10.	
張放	燃燒著希望的巴金（上）	「西子灣副刊」76.11.13.	
張放	燃燒著希望的巴金（下）	「西子灣副刊」76.11.15.	
張之君	中共文藝政策發展的趨勢	「共黨問題研究」一三：一一（76.11.）	
劉紹銘	後八股時代的大陸小說	「中國時報」十二版（77.3.6.）	

林海音 名作家

「文訊」如果將各個專欄結集成書，更完整、而且有系統的呈現文學史實，一定更好，若以商業的觀點來看，也可以增加收益。另外，如何使「文訊」的史料「國際化」，是關心、喜愛並支持「文訊」的讀者所應該希望的。

朱秀娟 名作家

如果你是位文藝愛好者，「文訊」應該是你的朋友，你的嚮導，它可以豐富你的知識，它可以提供你的常識，變化你的氣質，高升你的人品。

「文訊」可以把我們改變成個錦心繡口、可愛可親的人！願大家共勉之。

蔡源煌 臺灣大學外文系教授

「文訊」月刊爲當代中國文學史料提供完備的資訊；近幾期的專題企劃針對特定的問題，邀請專家發表議論，值得關心文學和文化的讀者參考。

向時代挑戰

一份高格調的文學刊物

余光中 中山大學文學院院長

「**文訊**」每期份量豐厚，探討深入。所推出的專輯，皆富有意義，由專業的名家來提供高見，對於當代的文運及文學批評貢獻頗大。尤其難能可貴的，是對於古典與現代、民族與鄉土均能維持圓融平正的態度。

黃永武 成功大學文學院院長

許多文學的小花，在歷史的陡坡上自開自謝，以爲再沒人欣賞到它了，而「**文訊**」，却將萬萬千千回憶中的繽紛彩色，織成永恒的花之海。我們期望「**文訊**」的未來，敬重耆宿，更要注視新秀；帶我們回顧，也供我們前瞻。

朱西甯 名作家

這是個資訊時代，文學工作應也不例外，何況我們的文學資訊一直欠缺。多年來「**文訊**」爲此作了極大的貢獻；一期兩期後作了不見得怎樣，久了才知績效斐然，非常可觀。深願「**文訊**」就這樣一直作下去。

向歷史負責

文訊月刊雜誌社

社　址：台北市林森北路七號
（02）3930278・3946103

編輯部：台北市復興南路一段127號3樓
（02）7711171・7412364

郵撥帳號12106756號文訊雜誌社　定價每冊120元，一年（6冊）600元

文訊叢刊⑦

當前大陸文學

編　　者／文訊雜誌社
封面設計／劉　開
內頁完稿／詹淑美

發 行 人／蔣　震
出 版 者／文訊雜誌社
社　　址／臺北市林森北路七號
電　　話／(02)3930278・3946103
編 輯 部／臺北市復興南路一段127號三樓
電　　話／(02)7711171・7412364

總 經 銷／聯經出版事業公司
地　　址／臺北縣汐止鎮大同路一段367號三樓
電　　話／(02)6422629代表號
印　　刷／裕臺公司中華印刷廠
臺北縣新店市大坪林寶强路六號

定價120元（如有缺頁、破損，請寄回本社調換）
郵撥帳號第12106756號文訊雜誌社

中華民國七十七年七月初版
行政院新聞局局版臺誌字第6584號